ARMANTINE,

DRAME

EN TROIS ACTES ET EN VERS,

PAR

THÉOPHILE PRIEUR-DUPERRAY père, Avocat,

Saumurois-Angevin.

ANGERS,

Imprimerie & Librairie de BARASSÉ Fres, rue Saint-Laud.

Juin 1845.

ARMANTINE,

DRAME

EN TROIS ACTES ET EN VERS,

PAR

THÉOPHILE PRIEUR-DUPERRAY père, Avocat,

Saumurois-Angevin.

ANGERS,

IMPRIMERIE ET LIBRAIRIE DE BARASSÉ FRÈRES.

Juin 1845.

ARMANTINE,

DRAME EN TROIS ACTES ET EN VERS.

Renversez sous vos pas
Ces échafauds sanglants, la France n'en veut pas.
(*Tragédie d'André Chénier*,
par M. Julien Dallière *d'Angers*.)

Choisir pour épigraphe au drame qui suit, ces deux vers de notre poète angevin, est, tout en rendant hommage au talent de ce compatriote, indiquer que l'ouvrage dont il s'agit n'a pas moins que le sien pour but, de concourir à l'abolition en France de la peine de mort.

Quant au soin pour atteindre ce but, de contester au corps social le droit de mort sur le meurtrier, sitôt que le crime est commis, et que ne semble plus la société pouvoir être censée en état de légitime défense de soi-même ou d'autrui, tant pour le passé que pour l'avenir, du moins; si comme nous le pensons, il est aussi contestable que généralement contesté, que l'appréhension du dernier supplice soit le seul et dans tous les cas le plus sûr moyen d'arrêter tout futur meurtrier dans la perpétration de son crime, il ne peut être que du domaine d'un professeur de droit, ou mieux encore d'un professeur de physiologie.

Mais quant au soin pour arriver au même but, de contester à chaque individu le droit d'infliger à son semblable un supplice aussi irréparable qu'une peine de mort, lui à qui tous les moyens de certitude ne peuvent parvenir que par des voies inévitablement faillibles, telles que son propre esprit plus ou moins prévenu ou passionné, celui de ses onze collègues, non moins exposés que lui-même à l'erreur, celui des témoins produits par l'accusation, celui plus suspect encore de l'accusateur lui-même ; enfin, celui du magistrat chargé de diriger, puis de résumer les débats au gré d'une mémoire plus ou moins heureuse ; il a semblé moins en dehors des attributions du poète,

De là donc 1° ces diverses scènes, et notamment cette scène d'exposition par exemple, où pour donner la mesure du degré de confiance que mérite ce *vox populi*, si inconsidérément surnommé *vox Dei*, l'auteur s'est permis de mettre aux prises plusieurs voix populaires divergentes et de faire voir comment, de toutes ces voix, la seule bienveillante, mais malheureusement, comme toujours, la plus modeste, se trouve étouffée et quelquefois même calomniée par d'autres voix moins scrupuleuses, lesquelles pour faire disparaître des faits certaines lacunes propres à commander le doute en faveur de l'accusé, ne se font aucun scrupule de les remplir par de perfides suppositions, fruits de ce qu'en saine logique nous appelons pétitions de principes.

2° Ces différentes phases du poème où l'on voit s'infiltrer dans l'esprit le plus favorable à l'accusée celui de son défenseur, de son ami, de son amant, les premiers germes d'une prévention fatale ; puis ces germes se développer et finir par communiquer leur teinte funeste à tous les faits de la cause, à ce point de faire classer au rang des indices du crime, précisément les faits les plus répulsifs de l'accusation ; à l'instar de ces estomacs qui, malades, convertissent souvent en poisons délétères les aliments les plus sains.

Ce que du reste doit déclarer l'auteur, c'est que s'il s'est permis de signaler aussi comme abus dans l'administration de la justice criminelle cette tendance du ministère public à se croire le défenseur quant même de l'accusation, quand il ne l'est que de la vérité de quelque côté qu'elle se trouve; et cette autre tendance non moins illégale et funeste de MM. les présidents de cour d'assises, de se croire les auxiliaires obligés de l'accusateur, il n'a pu prendre l'idée de ces abus au sein de la cour devant laquelle il eût pendant 25 ans l'honneur de postuler.

Jamais cour royale en effet offrit-elle, tant dans ses conseillers que dans son parquet, plus de philanthropie jointe à plus de lumières et plus de talents?...

A quoi bon me dira-t-on dès-lors, un ouvrage destiné à réprimer des abus qui n'existent plus, si jamais ils ont existé?...

A quoi bon dirai-je à mon tour conserver et renouveler les éditions de nos chefs-d'œuvre de Molière, de Regnard et de tant d'autres peintres de l'humanité, aujourd'hui que semblent disparus pour jamais de notre société perfectionnée, les avares, les bourgeois-gentilshommes, les pieux hypocrites, les tartuffes, etc., etc., etc?

On me répondra que ces peintures si fidèles de nos antiques infirmités, en entretenant dans nos esprits le dégoût qu'elles ont fait naître, peuvent mieux que tous les préceptes s'opposer à leur retour.

Cette réponse est celle que moi-même précisément allais opposer à l'objection.

Ce que l'on pourra remarquer d'ailleurs, c'est que l'auteur, comme s'il eût prévu que ces critiques dépourvues d'objets réels pourraient être considérées comme des hors-d'œuvre, n'en a point fait autant d'éléments essentiels de son poème, ne les y a intercalées que de manière à ce qu'elles pussent en être détachées sans nuire à la marche de l'action, et à ce qu'elles pussent être remplacées plus tard par d'autres critiques plus en rapport avec les abus qui, plus tard aussi, pourraient se faire remarquer, si tant est qu'il en naisse, et si tant est surtout que cette œuvre, éphémère de sa nature, survive à l'époque actuelle et mérite d'être prise pour cadre des futures inspirations de nos poètes.

Ce que du reste tout lecteur sentira, en réfléchissant à la considération de laquelle l'auteur a déduit l'inaptitude chez tout tribunal humain à prononcer une peine de mort, c'est que cette inaptitude s'étendrait selon nous, et n'en déplaise à notre admirable Eugène Sue, à l'application de toutes peines indélébiles et irréparables de leur nature, telles que la marque, ou telle ou telle mutilation, puisque dans tous ces cas, se trouverait impossible une réintégration complète du supplicié dans son primitif état, pour le cas toujours possible à nos yeux où finirait par être irrésistiblement démontrée l'injustice de telle condamnation subie.

PROJET DE DÉDICACE AVORTÉ.

Il était naturel qu'en traçant cet ouvrage que j'appellerai mon mot aussi sur l'abolition en France de la peine de mort, j'éprouvasse le désir d'en faire hommage au premier philanthrope couronné qui, depuis qu'élu par les Français pour monarque, il préside à leur destinée, n'a cessé d'émettre des vœux en faveur de cette abolition, et qui même, comme pour se dédommager de n'avoir pu l'obtenir de nos chambres législatives, l'a tout au moins fait passer dans nos mœurs, en plaçant sous l'égide de son droit de grâce et de commutation de peine, non-seulement tout condamné ordinaire à la peine capitale, mais sujet plus digne encore de notre admiration, jusqu'à ses propres meurtriers.

Ce qui n'était pas moins naturel aussi, c'était qu'avant de céder à ce désir, je cherchasse à m'assurer, en soumettant l'ouvrage à l'appréciation de juges compétents, s'il n'était pas trop au-dessous d'une destination et si noble et si haute.

De là cette témérité, j'en conviens, que j'eus de l'offrir au théâtre de l'Odéon; et de là, dès qu'il me fut appris que ce théâtre, le trouvant trop sérieux pour espérer en obtenir de nombreuses et fructueuses recettes, ne crut pas devoir en meubler son répertoire, mon empressement à le retirer, et à me désister d'un projet de dédicace qui ne pouvait plus me sembler qu'une grave indiscrétion.

Vainement l'obligeante et sans doute aussi trop indulgente amitié fit-elle tous ses efforts pour me persuader qu'un tel refus ne pouvait, quant au mérite de l'ouvrage, tirer à conséquence en présence surtout de l'adoption si honorable à mes yeux qu'avait faite du même ouvrage l'un des artistes les plus distingués de ce théâtre, l'honorable M. Bouchet qui, sans me connaître, et seulement en vertu de cet intérêt qu'éprouve tout véritable artiste en faveur de quiconque en paraît porter le cachet, déclara si obligeamment sur la lecture que je lui en donnai, sur la seconde lecture qu'il s'en fit donner à tête plus reposée par sa si spirituelle épouse, s'en constituer le protecteur; et de fait, le recommanda lui-même au comité de lecture de son théâtre, en annonçant le projet de se charger personnellement d'en remplir le rôle principal.

Je n'en considérai pas moins le refus de mon aréopage comme un préjugé suffisamment établi que mes vers étaient mauvais, et pour me servir de l'expression d'Alceste dans le Misanthrope, qu'un homme était pendable après les avoir faits.

Je ne me pendis point, parce qu'il me sembla trouver dans mon méfait quelques circonstances atténuantes, (où n'en trouve-t-on pas de nos jours pour esquiver une peine qui vraiment, et grâce à la pente que notre bon roi Philippe a su imprimer à nos esprits, n'est plus dans nos mœurs) je n'en fis pas moins rentrer mon manuscrit dans mon portefeuille, avec la ferme résolution de ne l'en jamais retirer.

Le difficile d'après cela, sera d'expliquer comment après une résolution si sage, j'ai pu finir par livrer le même ouvrage à l'impression, c'est-à-dire, par fouler aux pieds un des préceptes les plus sages de notre Molière, préceptes que pourtant je savais si bien par cœur : « Dérobez au public, nous dit-il par la bouche de son Misanthrope, ces occupations toujours réputées frivoles. »

Pouvais-je ne pas me faire l'application de ce précepte, moi, qui d'une profession grave et dont l'étude demande tous les instants de la vie, devais plus que tout autre m'attendre à ce qu'on me reprochât comme perdu en vaines futilités, un temps que très-probablement réclamaient de moi d'honnêtes clients qui avaient daigné m'honorer de leur confiance.

Non certes, plus que personne donc je devais dérober au public de telles occupations, mais plus cela est évident, plus il doit l'être que pour avoir agi différemment, il faut que je m'y sois vu déterminé par d'impérieux motifs.

Dérober au public de pareilles occupations ! C'est bien dit, quand on est à portée de le faire ; mais *quid*, lorsque l'un de vos confidents obligés a rompu le silence? lorsqu'il a fait de votre secret le secret de la comédie? lorsqu'enfin, la seule chose ignorée du public est précisément celle qui, mieux connue, pourrait vous rendre ce public moins sévère?

Assurément que l'on cessera de se croire en droit de me reprocher un vol de temps fait à mes clients, si l'on vient à apprendre que mes distractions, en apparence si frivoles, n'étaient qu'un sacrifice de plus aux devoirs de ma profession.

Or, que sera-t-il appris par cet ouvrage, que bien malgré moi j'exhume du néant? que tout, jusqu'à l'idée fondamentale de mon poème, m'est advenu au banc même de la défense, alors qu'il s'agissait de sauver un mien client d'une rumeur publique qui l'accusait, et d'une phrase par laquelle lui-même semblait se reconnaître coupable.

Transigeons, dis-je alors au ministère public; vous ne voulez point de mon axiôme, cependant bien droit romain, bien raison écrite : *non auditur perire volens;* de mon côté je ne veux point de vos deux axiômes : *vox populi*, *vox Dei*, *habemus confitentem reum*. Eh bien! ayons tous les deux le bon esprit de reconnaître que depuis l'émission de l'article 342 de notre code d'instruction criminelle, plus ne nous est permis d'invoquer devant un jury ces vieilles règles de décider; que la loi ne fait plus aux jurés que cette unique question : avez-vous une intime conviction? Que quant au principe générateur de cette dernière, elle ne fait plus appel qu'à la logique naturelle de chaque juré; qu'ainsi à l'occasion de chaque fait invoqué par l'accusation, comme preuve du fait criminel imputé (ce qui suppose entre ces deux faits une liaison non moins intime que celle d'un effet à sa cause), elle se résume à lui dire: trouvez-vous que tel fait accusateur soit possible, et que pourtant l'innocence de l'accusé le soit également? Si oui, plus de culpabilité affirmable; si non, nul doute possible sur cette culpabilité. Maintenant, ajoutais-je, voulons-nous vérifier à cette pierre de touche logique, le mérite de nos vieux axiômes? faisons-nous sur chacun d'eux cette question : la voix publique n'a-t-elle jamais accusé d'innocent? si fait : donc le *vox populi*, *vox Dei* ne prouve plus rien, donc il n'est plus qu'un grossier blasphème.

N'avez-vous jamais vu d'innocents s'empresser de se reconnaître coupables pour sauver de la même accusation, soit un bienfaiteur, soit toute autre tête non moins chère, vers qui, sans cela, devait inévitablement se diriger cette accusation? si fait : encore vous en chercheriez des exemples que vous ne seriez embarassé que du choix (1); donc l'*habemus confitentem reum* ne prouve rien; donc l'axiôme *non auditur perire volens*, sinon comme loi, du moins comme conséquence logique, est toujours, et nécessairement en pleine vigueur.

Des deux exemples que j'avais cités, l'un tiré de la belle conduite d'Artaban fils, qui, loin de repousser l'accusation de régicide dirigée contre

(1) J'en étais là de cette préface, lorsqu'on m'a apporté le *Journal de Maine et Loire* du 23 mai 1845, où je lis :

« Une pauvre enfant a failli devenir victime de son dévoûment; il s'agissait, devant le tribunal correctionnel de Brest, d'un vol de peu d'importance, commis dans une auberge de Lonceven. Certains propos tenus sur une jeune fille de Guesseny, âgée de 14 ans, firent porter sur elle tous les soupçons et elle fut traduite en police correctionnelle. Là, elle fit les aveux les plus précis, les plus circonstanciés, et toute la prudence humaine ne pouvait qu'échouer devant une telle déclaration, si par bonheur quelques dépositions de témoins n'étaient venues jeter du doute sur la culpabilité de l'accusée; l'affaire fut envoyée à une autre audience, et en définitive, les débats ont établi que la jeune fille n'assumait sur elle les faits incriminés, que pour empêcher des poursuites contre sa marâtre, véritable auteur de la soustraction. »

lui, l'admit pour éviter qu'elle ne se dirigeât contre son propre père seul, vraiment coupable, avait été choisi par Lemière pour sujet d'une tragédie connue sous le nom d'Artaxerce.

Le second exemple, tiré du noble dévoûment de mon Armantine en faveur de sa bienfaitrice, ne pouvait-il, quoique fictif, devenir aussi le sujet d'une œuvre dramatique? c'est ce que j'ai voulu voir. De là mon poème, c'est-à-dire de là le développement d'une conception qui se rattachait, comme on le voit, à l'exercice de ma profession, et développement au cours duquel force a dû m'être de repasser en revue des principes dont une tête d'avocat ne saurait trop se nourrir.

Cette vérité une fois reconnue, plus d'hésitation de ma part à me disculper par l'impression de cet ouvrage, de toute inculpation d'un sacrifice coupable de mon temps à de vaines frivolités.

Mais faire imprimer cet ouvrage sans en faire disparaître les imperfections plus ou moins graves qui l'avaient desservi, on conçoit combien cela devait me répugner, cependant ces imperfections où les trouver signalées? pas un mot d'elles dans le jugement qui m'était défavorable et qui devait toutes les relever; pas un mot d'elles non plus dans la lettre du secrétaire à M. Bouchet, mon digne parrain, qui pourtant était bien homme à se payer de bonnes raisons s'il en eût existé.

« Mon cher Bouchet, se borna-t-on à lui écrire, je suis fâché d'avoir à vous annoncer une mauvaise nouvelle concernant l'œuvre de votre protégé (Armantine). La commission d'examen n'a pas cru devoir l'admettre à la lecture. Ces Messieurs sont devenus depuis quelque temps excessivement sévères dans leurs jugements, et force nous est de les subir quels qu'ils soient.

Convenons qu'un demi-motif bien raisonné eût bien mieux valu pour tout le monde que cette accusation de sévérité excessive qui ne met en relief qu'une infraction de plus de Messieurs du comité d'examen au but de leur institution. »

Nous disons qu'une infraction de plus, car nous ne pensons pas que d'après ce but qui doit être de favoriser le développement de l'art d'éclairer les artistes sur les principes qui doivent les guider, un tribunal de littérateurs comme celui dont il s'agit, puisse repousser brutalement un ouvrage sans daigner dire à l'auteur en quoi cet ouvrage a mérité son triste sort. Est-il un seul tribunal en France, quelque minime que soit sa juridiction, qui soit dispensé de motiver ses jugements? est-il un seul juge qui n'ait eu occasion de se convaincre qu'à cette obligation seule est due tout ce qu'il y a de bonne justice rendue par cette nécessité où se trouve ce juge de mettre ces décisions en harmonie avec les principes qu'il doit citer.

Privé de toute indication de mes fautes, malgré mon manuscrit, dont j'étais trop rebattu et que je savais trop bien par cœur pour y pouvoir démêler la moindre dureté de style, je me désespérais, lorsque m'est advenu comme un ange sauveur, M. Dallière qui, m'observant que M. Bouchet lui avait parlé de ma pièce de manière à faire naître en lui le plus vif désir de la lire, venait me la demander.

Comment, lui dis-je, vous poète triomphant et à si juste titre, vous venez me demander à moi chétif, et comme une faveur, ce malheureux drame tombé! mais songez donc que de votre part, une telle demande est en ma faveur une véritable charité.

Auteur tombé, me dit-il, je vois ce que c'est : parce que le comité de lecture, accablé du nombre des pièces soumises à son examen, aura trouvé convenable, pour se débarrasser du fardeau, de mettre votre œuvre de côté, vous appelez cela une chute! Eh bien! tenez, cette pièce qui m'a valu tant d'applaudissements à moi, voulez-vous que je vous le dise? sans l'interposition d'un homme puissant, qui m'a prêté aide et secours, elle subissait le sort de la vôtre.

— Merci, mon cher ami, de cet avis qui prouve toute votre modestie, mais qui me console et que je prends pour une seconde charité; et tenez, tandis que vous êtes en si bon train de m'être agréable, encore un petit service de votre part. Voici mon manuscrit, ne vous effrayez pas trop du volume (alors la pièce était en 5 actes), et grâce à notre ami Bouchet elle a passé comme la vôtre de cinq actes à trois. Prenez-moi ce crayon, et tandis que votre esprit, rempli de votre propre poésie, doit être difficile et plus apte que jamais à saisir le rocailleux de tout autre style, soulignez-moi sans pitié toute phrase qui sonnera mal à votre oreille.

Et ma prière a été exaucée; et à quelques jours de là, mon bon jeune homme, est venu m'apporter, avec mon manuscrit, sa troisième charité, c'est-à-dire quelques ratures au crayon sur des vers que de suite je trouvai le moyen de remplacer par d'autres plus réguliers. Ainsi rien ne s'est plus opposé à la remise de l'ouvrage à l'imprimeur.

A la fin de cette brochure se trouvera l'indication de quelques errata échappés à celui-ci, ainsi que des coupures qui facilement pourraient être faites, si l'on trouvait qu'à la représentation le poème pût y gagner.

PERSONNAGES.

ARMANTINE, née Mondor, recueillie comme orpheline et élevée par le vicomte d'Harcourt, sous le nom de celui-ci, jusqu'à 18 ans.

LUCILE, seconde fille de Mondor, âgée de 19 ans.

MONDOR, riche propriétaire, âgé de 60 ans.

ERNEST, avocat à Paris, âgé de 26 ans, défenseur de Lucile, accusée de meurtre sur la personne de son ravisseur, et d'Armantine, accusée d'infanticide.

FURGOLE, âgé de 27 ans, secrétaire d'Ernest.

VALSAIN, âgé de 30 ans, régisseur de M. d'Harcourt, marié secrètement avec Elise d'Harcourt, fille unique du vicomte d'Harcourt.

Mme **LEGRAS**, aubergiste, âgée de 40 ans.

SUZETTE, âgée de 20 ans, domestique de Mme Legras.

JACQUES, âgé de 25 ans, domestique de Mme Legras.

La scène se passe en un chef-lieu de département, pendant une session de cour d'assises.

ARMANTINE,

DRAME EN TROIS ACTES & EN VERS.

ACTE PREMIER.

SCÈNE Ire.

JACQUES, SUZETTE, puis Mme LEGRAS.

Le théâtre représente une chambre servant de vestibule à plusieurs autres et offrant 1° une porte du fond; 2° une porte à droite, première coulisse; 3° deux portes à gauche, dont celle sur l'avant-scène conduit au cabinet d'Ernest; 4° une porte latérale à droite conduisant à un escalier qui dépend du rez-de-chaussée; 5° une fenêtre à côté de cette porte.

Au lever du rideau, Suzette et Jacques s'occupent à nettoyer les meubles; Jacques s'arrête, contemple Suzette qui lui tourne le dos et fait mine d'en être épris; il s'avance vers elle à pas de loup, lui prend la taille et se prépare à l'embrasser.

SUZETTE, *se retourne brusquement, et levant la main sur Jacques.*

Finis, ou d'un soufflet....

JACQUES, *insistant et lui donnant un baiser.*

Allons, ma toute belle!

Jacques irrité du soufflet qu'il vient de recevoir, et feignant cependant un air d'indifférence.

Que voulais-je? te dire une heureuse nouvelle....

SUZETTE, *d'un ton goguenard.*

Que malgré ton air faux, et ce baiser furtif,
Tu ne m'aimes pourtant que pour le bon motif?

C'est fâcheux que trop près de cette cour d'assises,
Où lâche, fainéant, chaque jour tu t'avises
D'aller perdre ton temps à suivre les débats,
Tu te sois fait cet air, auquel je ne crois pas.
Singe nos beaux parleurs; rends-toi bien ridicule;
Mais parle de moins près, ou crains cette férule!

(Elle lui montre sa main.)

(Entrée de Mme Legras.)

JACQUES, *sans voir Mme Legras qui vient d'entrer.*

Je dis....

Mme LEGRAS, *à Jacques.*

Qu'as-tu donc tant à dire comme ça,
Pour laisser là l'ouvrage?

JACQUES, *feignant de croire qu'il s'agit de Suzette.*

Oui, que dit-elle là?

Mme LEGRAS, *le faisant tourner vers elle.*

Mais je m'adresse à toi; je veux que tu me dises....

JACQUES, *embarrassé, puis s'enhardissant.*

Ce... que... je... lui disais?... louant vos entreprises:
Vois, disais-je, conseils, parents des accusés,
Jurés, tout loge ici: furent-ils avisés
Les bons époux Legras, d'élever cette auberge!

SUZETTE, *à part, le regardant.*

Le tartuffe!

Mme LEGRAS, *d'un air incrédule.*

Eh bien! soit. Mais là, comme une asperge
Vas-tu rester ainsi planté sans en finir?
Rien de prêt! et Monsieur Mondor qui va venir;
Sa fille, qui déjà devrait être arrivée...

JACQUES, *heureux de faire diversion.*

Sa fille! quel bonheur! ainsi donc l'a sauvée
Notre Monsieur Ernest! je n'en suis pas surpris;
Un avocat venu tout exprès de Paris!
Qui parle!...

SUZETTE, *contrefaisant Jacques.*

Comme toi.

Mme LEGRAS.

Chose fort inutile!
Car enfin qui ne sent que chez cette Lucile,
Immoler de sa main son lâche ravisseur,
Fut un trait d'héroïsme et non pas de noirceur!
On ne voit pas souvent de pareils homicides!
Mais en revanche on voit, par force infanticides,
Maintes prudes cacher....

JACQUES, *avec emphase.*

A propos, c'est demain
Qu'est mise en jugement celle qui de sa main
Fut surprise essayant d'ensevelir sous terre,
L'enfant qui la venait accuser d'être mère...

Mme LEGRAS, *brusquement.*

Avant que d'être épouse!

SUZETTE, *à part, et levant les yeux au ciel.*

Armantine d'Harcourt!

Mme LEGRAS, *à Suzette, avec aigreur.*

Vous pourriez fort bien dire: Armantine tout court...
Fille d'on ne sait qui; qu'au fond d'une campagne,
Pour en faire à sa fille Elise une compagne,
Monsieur d'Harcourt a prise orpheline, dit-on,
Et daigna dix-sept ans élever sous son nom!

JACQUES.

Je ne m'étonne plus qu'aujourd'hui qu'elle souille
Un nom si révéré, lui-même l'en dépouille,
La chasse, l'abandonne!...

SUZETTE.

Et sait-il seulement
Qu'on l'accuse, depuis six mois qu'il est absent!
D'ailleurs d'où viendrait donc que de chez lui concierge,
Mon père, ce matin, venu dans cette auberge,
A paru si surpris, s'est récrié si fort,

Quand il a su par moi d'Armantine le sort !
Impossible, a-t-il dit ; quoi ! notre demoiselle
Hier disait encore, en s'entretenant d'elle,
Qu'elle était à Paris....

Mme LEGRAS.

Bon! je vois ce que c'est ;
Craignant avec raison le trop vif intérêt
Que prendrait la baronne, au sort d'une captive,
Dans laquelle elle voit une sœur adoptive,
On a dû lui cacher avec précaution
Et l'infâme conduite et l'arrestation
De cet indigne objet....

SUZETTE.

C'est fort bien dit pour elle,
Mais ce matin mon père ignorait la nouvelle ;
Ensuite qu'a-t-il dit, retournant au château ?
« Allons, j'y vais ce soir annoncer du nouveau. »

Mme LEGRAS.

Du nouveau ! du nouveau ! peut-être pour ton père ;
Mais alors dis-moi donc pourquoi l'homme d'affaire
De ce Monsieur d'Harcourt, certain Monsieur Valsain,
M'est venu si souvent demander ce matin
Notre jeune avocat, et cela se devine :
Pour lui faire accepter la cause d'Armantine ?
Diras-tu que lui seul fut mis dans le secret ?
Pardon ; mais de ta part ce serait peu discret ;
Car alors qui pourrait être assez bon pour croire
Que seul fait confident d'une pareille histoire,
Au crime d'Armantine il n'eût pas quelque part ?
Que son amant d'abord, son complice plus tard...

SUZETTE.

Son amant ! si c'était de la jeune baronne,
Je ne dis pas...

Mme LEGRAS.

Comment, tu veux qu'on le soupçonne

D'une baronne épris, lui simple régisseur !
Il faudrait donc aussi qu'il s'en fît ravisseur ?
Car qui ne sait l'orgueil de toute la famille !
Qu'un d'Harcourt mille fois étranglerait sa fille
Plutôt que de souffrir qu'elle livrât sa main
Aux roturiers désirs de ton Monsieur Valsain !

SUZETTE.

Ce Valsain cependant...

JACQUES.

Mais vraiment je t'admire,
D'en être à rechercher pour qui son cœur soupire ;
Lorsque de son amour le déplorable fruit
Ne dit que trop des deux celle qui l'a séduit :

Mme LEGRAS.

Que répondre à cela ?

SUZETTE

Cependant Armantine
Toujours triste, pensive....

JACQUES, *contrefaisant la voix piteuse de Suzette.*

Et la taille moins fine !

SUZETTE, *avec colère.*

Qui t'a dit ça ?

JACQUES.

Personne.

SUZETTE.

Alors, toi, qu'as-tu vu ?

JACQUES.

Rien.

SUZETTE.

Pourquoi donc parler ?

Mme LEGRAS, *à Jacques.*

De quoi te mêles-tu ?

JACQUES, *à Madame Legras.*

J'ai tort de vous aider à clore la musette,

Les si, les mais, les car de Mam'selle Suzette !
Elle parle ! elle parle ! Et qu'est-ce qui s'en suit ?
Que vous, qui ne deviez dire un mot d'aujourd'hui,
Tant vous nous paraissiez d'embarras obsédée,
Vous venez d'en lâcher, maîtresse, une bordée !!!

Mme LEGRAS.

Comment donc, insolent !

JACQUES.

Oh ! vous avez bien fait
Par le vôtre vingt fois d'abattre son caquet ;
A l'en croire, au château, qu'elle hante sans cesse,
Les péchés se feraient sans que cela paraisse !
Commode assurément ! permettez-lui donc là
D'aller tous les trois mois visiter le papa !
Si je calcule bien, lors du dernier voyage,
Cela devait se voir comme un nez au visage !
Elle qu'a-t-elle vu ? rien !....

SUZETTE.

Par cette raison
Que, profitant alors de la belle saison,
Ces dames voyageaient.

JACQUES.

Tu n'as donc pu, ma chère,
Voir l'honorable état de la particulière ?
Pourquoi donc me donner alors un démenti ?
C'est honnête, surtout quand je prends le parti
De Madame Legras, notre bonne maîtresse !!!

SUZETTE, *à part.*

L'hypocrite !

JACQUES.

Et tu dis que ta chaste princesse
Etait à voyager ? c'était bien le moment !
Dis donc que la poulette aura jugé prudent,
Non d'aller respirer le grand air dans la plaine,
Mais bien loin du château d'aller cacher sa peine,

(Comiquement, comme ravalant ses larmes.)
Et son petit... malheur : ce qui nous dit pourquoi
Son crime, si connu dans maint et maint endroit,
Pour le château d'Harcourt est encore un mystère.

SUZETTE.

Cependant...

JACQUES, *à Madame Legras.*

Voyez donc si vous la ferez taire !
Elle, qui se plaint tant que je fais l'avocat :
Elle ne le fait point, elle, non, c'est le chat !
Fi ! jeune fille, fi ! prendre ainsi la défense
(Il désigne Madame Legras.)
Du crime ! quand ici des leçons de décence...

Mme LEGRAS, *mécontente de l'éloge immérité.*

Bavard !

JACQUES.

Moi, de l'avis de Madame Legras,
Je prendrais Armantine et Valsain par le bras,
Et dirais : libertins, allez de compagnie
De votre gros péché subir l'ignominie.
(Il singe de la main le coup qui tranche une tête, et dont frémit Suzette.)

Mme LEGRAS.

C'est ça !

SUZETTE, *d'un ton mordant à Mme Legras.*

De votre avis je serai de moitié,
Quand m'auront donné droit d'être aussi sans pitié,
A Jacques dont elle montre avec dérision la figure au public.
Votre âge, vos vertus..... la chasteté modèle
De Monsieur ! ! !

JACQUES, *se dégageant, et avec dignité.*

Qu'est-ce à dire ?

Mme LEGRAS.

Encore une querelle !
Allons, descendons vite, enfants, car quelqu'un vient.
(Elles sortent par la porte latérale gauche.)

JACQUES, *en les suivant.*

(A part.)
C'est fâcheux.... De parler ça me faisait du bien!
(S'arrêtant à la porte et regardant par la fenêtre de côté.)
Mais que vois-je d'ici sortir de l'audience?
Que de Dames, grand Dieu! toutes d'une élégance...
Ne jurerait-on pas, qu'au lieu d'un tribunal,
Tout cela si paré, si brillant, sort d'un bal?
Elles parlent, de qui? d'Ernest et de sa gloire!
Et dire que devant un si bel auditoire,
Et ce troupeau surtout de langues si meublé,
Pendant une heure ou deux un seul homme a parlé!
Polisson d'avocat... deux heures sans se taire!
Quel bonheur!... Mais c'est lui, puis Mons son secrétaire.
(Il sort.)

SCÈNE II.

ERNEST, entrant par la porte du fond,
suivi de FURGOLE.

ERNEST, *portant sous le bras le porte-feuille d'avocat, vient sur l'avant-scène et dit à part.*

Elle n'était pas là.... d'elle à qui m'informer,
Sans paraître assez lâche encore pour l'aimer?

FURGOLE, *à part, tandis qu'Ernest, s'approchant d'une table latérale, y dépose son porte-feuille et parcourt quelques papiers.*

Oui, dans son auditoire, aisément je devine
Ce que ses yeux cherchaient: c'était son Armantine:
Il la savait ici; de là ce zèle ardent
A venir de si loin déployer un talent
Qu'elle ignorait en lui; puis, surtout devant elle,
A défendre, à sauver les jours d'une autre belle....
O vengeance! ah ça! mais il ne sait donc encor
De l'ingrate à quel point l'a su venger le sort;

De quel crime en ce lieux on la dit accusée ?
Pour lui, dont je croyais la vengeance épuisée,
Je ne lui voyais plus de consolation
Que de filer bien vîte une autre passion.
Ce remède d'abord m'avait semblé facile;
Mais j'ai beau lui parler de la belle Lucile,
Cette jeune cliente, objet rempli d'appas,
Plein de son Armantine, il ne m'écoute pas!
Peut-être est-ce qu'aussi son âme un peu trop fière
N'a pu s'accommoder de cette humeur altière
Qui, jointe chez Lucile à d'éternels discours
Trop graves pour son sexe, offusquent les amours...
Vrai! pour toucher nos cœurs, femme devrait se dire
De ne point usurper ce qu'en nous on admire;
Ne pas plus revêtir notre esprit que nos traits,
Se contenter du cœur, de l'esprit, des attraits,
Par où Dieu lui donna de subjuguer notre âme :
Femme pour nous charmer peut-elle être trop femme ?
Non, ma pauvre Lucile; et voilà justement
Ce qui fait que pour toi je lutte vainement...
Pourtant luttons encore, au risque de déplaire...
(Haut.)
Comment, Monsieur, manquer une si belle affaire!...

ERNEST.

J'ai sauvé ma cliente, et tu n'es pas content ?

FURGOLE.

Ce service pour elle était fort important;
Mais ne ferez-vous rien maintenant pour vous-même ?
Quand cette belle enfant, qui sans doute vous aime,
Se ferait un bonheur d'accueillir votre amour,
Ne pas daigner lui faire un léger doigt de cour!
Pour elle vous plaidez; vous lui sauvez la vie;
C'est fort bien; mais bientôt de quel trait est suivie
Cette belle action ? A peine un bon arrêt
La met en liberté, que sans prendre intérêt
A ce qu'elle devient, elle ainsi que son père,
D'un œil triste, inquiet, de vous laisser distraire

A chercher qui ? Dieu sait ! puis comme un criminel,
Zest ! de vous esquiver, de gagner cet hôtel,
Sans voir qu'ici son père, ayant pris un asile,
Doit venir se loger cette jeune Lucile,
Et qu'il était dès-lors convenable, entre nous,
Qu'y venant, pour escorte elle eût son père et vous.

ERNEST, *avec ironie.*

Je ne vois point encor cette si belle affaire !...

FURGOLE.

Ignorez-vous qu'ici Monsieur Mondor, son père,
Passe pour un Crésus ; qu'il n'a pas d'autre enfant ;
Que d'une fille aînée, à ce que l'on prétend,
Du berceau disparue, au milieu d'une alerte,
Il n'a pu jusqu'ici faire la découverte ;
Qu'ainsi décidément sa cadette aujourd'hui,
Celle qui vient en vous de trouver un appui,
De ce nouveau Crésus est l'unique héritière ?

ERNEST.

Et tu voudrais ?..

FURGOLE.

Ma foi, ce que la ville entière,
Votre auditoire au moins, voudrait ainsi que moi :
« Convenez, disait-on, quand l'avocat du roi,
» Si jaloux de gagner ce qu'il disait sa cause,
» Contre vos arguments lançaient son aigre prose,
» Que de la belle enfant le jeune défenseur,
» S'il l'a sauve, aura bien de grands droits à son cœur !
» Eh ! mais, disait alors certaine Dame experte,
» Savez-vous qu'ils feraient un fort beau couple ? Oui certe,
» Disait un amateur, elle est vraiment très bien :
» Beauté, grâce, jeunesse, il ne lui manque rien. »
(A part.)
Bon ! chauffons mieux encore...

ERNEST *qui, pensif, n'a rien entendu de ce que vient de lui dire Furgole.*

Et dans cet auditoire,

Où de se réunir les Dames se font gloire,
Ici comme au théâtre où puisse apparemment
Se mieux de la pitié nourrir le sentiment,
Il ne t'est apparu pas un seul personnage
Dont ton œil autrefois ait connu le visage?

FURGOLE.

(à part.)
Si fait. Procès perdu pour Lucile.

ERNEST, *jouant l'indifférence.*

Et l'objet
Que tu dis avoir cru reconnaître, c'était?

FURGOLE.

(A part.)
Que lui dire? Ma foi, tant pis, si son étoile
Veut que la vérité malgré moi se dévoile;
Et frappe enfin à mort sa folle passion.
(Haut.)
Peut-être il vous souvient de cette pension
Où, séduits et tous deux désireux de séduire
Nos vainqueurs, à Paris sûmes nous introduire,
Vous sous le nom d'Armand, profond littérateur,
Moi sous le nom de Trait, maître dessinateur.

ERNEST.

Après tantôt un an l'on ne se souvient guères!...

FURGOLE.

Ah bah!

ERNEST.

Et tu prétends de nos pensionnaires
Avoir vu?

FURGOLE.

Devinez.

ERNEST.

(A part.)
Eh! mais... trop doux espoir!
(Haut.)
Armantine d'Harcourt? j'ai cru l'apercevoir.

FURGOLE, *d'un air surpris puis goguenard.*

Vous ! Non, ce n'était pas, Monsieur, cette Armantine,
Mais bien tout simplement sa compagne Ernestine.

ERNEST, *avec précipitation.*

Qu'elle ne quittait point. Comment toutes les deux
N'étaient-elles pas là ?... Bref, couple trop heureux,
Vous aurez bien jasé.

FURGOLE.

Mais cela se devine.

ERNEST.

D'abord de vos amours.

FURGOLE.

Sans doute.

ERNEST, *avec un embarras mal dissimulé.*

Et d'Armantine ?

FURGOLE.

D'elle ? non ; comme vous, moi, je n'en parle plus.

ERNEST.

Tu n'as pas mes raisons.

FURGOLE, *à part.*

C'est vrai.

ERNEST.

Si je l'exclus
De mes discours;

FURGOLE, *à part, ironiquement.*

Oui, bien!

ERNEST.

Si même je l'oublie ;

FURGOLE, *à part.*

Encor mieux !

ERNEST.

Il y va du repos de ma vie.

FURGOLE, *à part.*

Oh ! plus que tu ne crois !

ERNEST, *jouant de plus en plus l'indifférence.*

J'avais pourtant appris
(Par hasard) qu'en ces lieux, au retour de Paris,
Elle s'était rendue...

FURGOLE, *ironiquement.*

Au château de son père.
Le hasard n'a rien dit là d'extraordinaire !
Vous saviez que d'ici pour se rendre à d'Harcourt,
Le trajet n'était pas de plus d'un quart de jour.
(Ce hasard) ne vous a rien de plus fait entendre?

ERNEST.

Mais non, rien.

FURGOLE.

S'informer est le moyen d'apprendre.

ERNEST, *avec fierté.*

M'informer de l'ingrate !...

FURGOLE.

Ah ça ! mais, entre nous,
Elle fut donc toujours bien cruelle envers vous.

ERNEST, *se livrant par degrés.*

Toujours!... oh! plût à Dieu! mais non, de la coquette
La victoire sur moi n'eût pas été complète ;
Pour captiver d'abord, puis torturer ce cœur,
Que fallait-il? de près lui montrer le bonheur...
Et puis le lui ravir !

FURGOLE.

Ce dernier trait m'étonne !
Et vous n'avez jamais soupçonné que personne
Près d'elle plus heureux ?

ERNEST.

Une coquette aimer !

FURGOLE.

Pour la punir l'amour aurait pu l'enflammer
Pour un coquet aussi : parfois un fat sait plaire.

ERNEST, *la main sur le cœur.*

Tiens, là je ne sais quoi m'atteste le contraire.

FURGOLE, *à part.*

Allons, il eût été la perle des maris.

ERNEST, *s'échauffant par degrés.*

Sais-tu que plus j'y songe et plus je suis surpris
Que, dans cet entretien avec ton Ernestine,
Il n'ait pas été dit un seul mot d'Armantine.
Que toi-même surtout n'en ayes pas parlé,
Car enfin ce que d'elle à toi j'ai révélé,
Ne te blessait en rien : envers moi seul coupable,
Elle n'eut envers toi qu'une conduite aimable.
Pourquoi donc la payer ainsi d'un tel oubli ?
C'est mal, Furgole, oui, mal, ce trait n'est pas joli ;
Je dirai plus, j'y vois un trait d'ingratitude,
Qui me fait de ton cœur faire une triste étude !...

FURGOLE.

Comment donc, vous fâcher !

ERNEST, *irrité, divaguant.*

Oui, tiens, laissons cela ;
Qui peut même assurer qu'elle n'était pas là ?
Que ?...

FURGOLE.

Faut-il vous le dire ?... Eh bien ! cette Armantine,
L'ingrate ! était si peu près de mon Ernestine ;
Et vous pouvait si peu frapper l'œil ce matin ;
Que, dans ces murs captive, elle attend son destin.....
D'un Jury....

ERNEST.

D'un Jury ! Pour quel délit ! quel crime !

FURGOLE.

Pour avoir immolé le fruit illégitime....

ERNEST.

Achève, malheureux !...

FURGOLE.

De ses propres amours

ERNEST.

Impossible !

FURGOLE.

Impossible ! ah ! de vous ce discours
Prouve qu'à votre amour sa faute est étrangère ;
Mais sa maternité ne fait plus un mystère ;
Elle en a fait l'aveu ; le seul point du débat
N'est plus que de savoir si, par assassinat
Son enfant....

ERNEST.

Et quel monstre après l'avoir séduite,
A ce noir attentat pourrait l'avoir réduite ?
Car, je n'en doute point, sans son lâche abandon,
Ou ses affreux conseils....

FURGOLE.

Armantine, dit-on,
Soutient que dès longtemps il a cessé de vivre ;
Est-ce pour éviter qu'on veuille le poursuivre ?
Quelques-uns l'ont pensé ; d'autres le jugent mort.
Ce qui vient d'Armantine appuyer ce rapport,
Ce serait, selon eux, qu'on l'aurait aperçue,
Se croyant seule,... aimer à promener sa vue
Sur un portrait chéri.

ERNEST.

Bon, l'un de ces travaux
Imaginaires, fruits de ses propres pinceaux ;
Dans ce talent tu sais qu'excellait son adresse !

FURGOLE.

Oui, mais un portrait d'homme, objet de sa tendresse
Ou mieux de ses regrets, puisqu'on l'a vue en pleurs,
Bien avant l'accident source de ses malheurs,

Le couvrir à la fois de baisers et de larmes ;
Puis là, près de son cœur, le voiler de ses charmes....
De ces récits divers auquel ajouter foi ?

ERNEST.

Tous deux ! Mais ce dernier au moins laisse-le-moi.

FURGOLE.

Qu'importe ? Et que vous fait cette mort prétendue ?
L'ingrate en serait-elle à vos yeux moins perdue ?
Vous, la revoir jamais !

ERNEST.

Qui peut être assuré
Qu'avant moi cet amant, qu'elle m'a préféré,
N'avait pas obtenu ce droit de préférence ?
Que m'aimer n'était pas pour elle une inconstance ;
Et qu'enfin résister à mon amour déçu
Ne fut pas pour son cœur un effort de vertu ?

FURGOLE.

Quand on le prend ainsi !!!

ERNEST.

C'est cela, cela même !

FURGOLE.

Ainsi donc votre amour, d'après ce beau système,
Dans ce qui peut le plus irriter un amant,
Trouvera pour renaître un nouvel aliment !
Bien plus, nous le verrons, d'une âcre jalousie
Se nourrissant, passer jusqu'à la frénésie :
Tel qu'on voit un brasier parfois devoir à l'eau,
Qui devrait l'étouffer, un stimulant nouveau.
Grâce à ce réactif, voyez, d'une maîtresse
L'inconstance devient vertu ! délicatesse !!!

ERNEST, *qui n'a pas eu l'air même d'entendre.*

Moi qui la supposais incapable d'aimer !
Qui lui faisais alors un crime de charmer !
Il est donc vrai,... son cœur, que je crus inflexible,
Aux transports de l'amour, n'était pas insensible !

FURGOLE.

Pour un autre que vous!

ERNEST.

Qu'importe? il a vécu;
Veuf, à la liberté désormais est rendu
Un cœur qui sut aimer, son malheur en fait preuve,
Et qui pourrait encor,... c'est une simple veuve.

FURGOLE.

Qui couvre de baisers le portrait du défunt!

ERNEST.

Va, ce dernier tribut, loin de m'être importun,
Ne me la fait encor voir que plus estimable;
Et quant à l'attentat dont on la dit coupable,
Erreur, prévention, conte absurde, imposteur;
Massacre-t-on l'enfant dont on pleure l'auteur?
Non, non; de ce forfait tout la dit innocente:
Oui, jurés, magistrats, telle est ma douce attente,
Avec moi, comme moi vous l'affirmerez tous.
Si d'obtenir ses pleurs moi-même suis jaloux,
Eh bien! qui me dit donc qu'arrachée au supplice,
Par mes soins, quelque jour, soit amour, soit justice,
On ne la verra pas, quand s'éteindra ce cœur,
Sur ma tombe venir pleurer son défenseur?

FURGOLE.

Son défenseur! qui? vous! votre toute puissance
Court de ce pas ravir le soin de sa défense,
A ce jeune avocat dont elle a fait le choix?

ERNEST.

Jeune avocat tu dis!...

FURGOLE.

Eh oui! Ce ton de voix,
Ce trouble,... qu'avez-vous? Pour la belle en veuvage
De votre confiance est-ce déjà le gage?
Un jeune homme en effet s'est fait son défenseur;
Tous les jours auprès d'elle, ardent consolateur,

Il la voit, l'encourage, obtient sa confiance,
Sans doute ouvre son cœur à la reconnaissance.
A ce mot je vous vois soudainement pâlir...
Qui sait, me direz-vous, à quel point peut s'ouvrir
A ce doux sentiment le cœur chez une femme
Qui n'a que trop d'amour déjà senti la flamme ;
Et qui, déjà soustraite au joug de la pudeur,
N'a plus à perdre, hélas! d'estime ni d'honneur?
A ce discours, qui sent le jaloux frénétique,
Je n'oppose qu'un mot, mais un mot sans réplique,
Un mot qui m'a séduit parce qu'il vient de vous :
C'est une simple veuve, en deuil d'un chaste époux!
Dont les saintes amours ne laissent à personne
Le droit de redouter qu'elle ne s'abandonne
A d'indignes faveurs contraires au devoir....
Que voulez-vous de plus?

ERNEST.

Que demain, dès ce soir,
A l'instant, nos chevaux soient mis à la voiture....

FURGOLE.

Pour aller où?

ERNEST.

Dis-moi s'il est dans la nature
De lieux plus en horreur pour moi que ce séjour?

FURGOLE.

Où de tant de beautés vous devenez l'amour!
Où chacun vous admire; où de dignes confrères,
Loin de vous recevoir en jaloux adversaires,
Désirent vous fêter; où déjà suppliants,
Pour vous offrir leur cause arrivent maints clients!
Où l'un d'eux m'a déjà requis une audience!

ERNEST.

Moi, des clients ici, quand la seule défense
A laquelle!... oh! non, non, d'ici fais-moi partir!

FURGOLE.

Mais ce Monsieur Mondor qui céans va venir,
Sa fille pour qui seule ici venu vous-même...

ERNEST.

Pour qui seule venu! ton talent est extrême
A lire dans les cœurs.

FURGOLE, *d'un ton à faire juger qu'il a compris.*

Non, je n'ai pas saisi?...

ERNEST.

Eh bien! qu'attends-tu donc pour m'arracher d'ici?
Nos chevaux, ta valise, et moi, vîte à la mienne.

SCÈNE III.

FURGOLE, *seul, par la fenêtre à droite.*

Garçon, notre voiture.... Et personne qui vienne
Me tirer d'embarras! Ce lent Monsieur Mondor
Et sa fille au palais qu'attendent-ils encor?
Moi qui sur les attraits d'une telle cliente
Comptais pour éclipser ceux de son inconstante.
Et nous allons partir peut-être sans la voir...
Mais non, quelqu'un nous vient; ce sont eux, vain espoir!
C'est ce fou de client, ce Valsain qui persiste...

SCÈNE IV.

FURGOLE, VALSAIN.

VALSAIN.

Je vous suis importun, mais, pardon, si j'insiste:
Songez, Monsieur, songez que je n'existe pas,
Tant qu'il reste incertain que, demain aux débats,
Votre jeune avocat veuille plaider la cause...

FURGOLE.

Impossible, Monsieur ; il est là qui dispose
Tout pour notre départ.

VALSAIN.

Lorsque de lui dépend
De sauver la vertu que le supplice attend !!!

FURGOLE.

Et comment se fait-il que ce soit à la veille
D'un si grand jour, Monsieur, qu'en sursaut l'on s'éveille?
Ne pouviez-vous plus tôt choisir un défenseur ?

VALSAIN, *s'irritant par degrés.*

Eh ! je n'ai que trop tôt choisi, pour mon malheur,
Celui qu'un faux ami m'indiqua pour habile !
Mais aujourd'hui, jugez de quel esprit tranquille
Je puis voir mon jeune homme en être à son début,
N'avoir pour nous sauver de planche de salut
Qu'un plaidoyer écrit, où sa plume galante
(Elle prend bien son temps) nous peint de sa cliente,
Non ce calme imposant, non cet air de candeur,
Non d'elle mille traits, garants d'un noble cœur;
Mais ce qui des jurés peut toucher la faiblesse :
Son éclat, sa fraîcheur, sa brillante jeunesse,
Sa taille, son maintien, son rire gracieux,
Qui jusqu'ici pourtant n'ont pu frapper ses yeux,
Puisqu'il en est encore à faire une visite
A la beauté par lui si follement décrite !
Voilà, pour écarter une peine de mort,
A quel fier champion nous adresse le sort !
Un jeune homme ; un enfant !

FURGOLE.

Eh ! mais c'est le bel âge.

VALSAIN.

Sans doute, s'il veut faire un cours d'apprentissage.
Mais quoi ! l'indigne ami qui me l'a désigné,
Pour l'objet qui m'est cher, m'a-t-il cru résigné

Aux chances que subit l'accusé que d'office,
On arme par pitié d'un défenseur novice?
Qui, s'il n'est pas encore d'un talent accompli,
L'exercera du moins *in anima vili?*
In anima vili! quand il s'agit d'un ange!
Oh! non, non! mais voyez, faut-il donc, si je change,
Pour un autre avocat du pays, cet enfant,
Le perdre à son début, l'étouffer en naissant,
Le punir d'avoir eu, lui peut-être modeste,
Pour appui le langage élogieux, funeste,
D'un indiscret ami, qui, prôneur maladroit,
Ne l'aura pas trahi, desservi moins que moi?
Non, mais lui procurer, s'il se peut l'assistance,
D'un de ces orateurs, l'élite de la France,
Qui, comme un météore, apparaît en ces lieux;
Voilà ce qui n'aura pour lui rien de fâcheux;
Ce que j'ai désiré, ce dont l'espoir m'amène.
A vous, à votre ami, de nous tirer de peine;
A lui de nous prêter un généreux secours.

FURGOLE.

(A part.) (Haut.)
Au fait, cela nous fait gagner du temps... Je cours.

VALSAIN, *vivement.*

Oh! oui, courez, Monsieur, faites-lui bien connaître,
Que de moi, de mes biens, de tout je le rends maître;
Qu'il en peut disposer, que...

FURGOLE, *haut.*

(A part, en entrant chez Ernest.)
Bien! que de chaleur!
Il n'en ferait pas plus pour sa fille ou sa sœur.

SCÈNE V.

VALSAIN, *cherchant des papiers que d'abord il ne peut trouver.*

En attendant qu'il vienne, atteignons à l'avance

Cet écrit où ma plume a tracé la défense.
Eh! mais qu'est devenu de l'accusation
L'acte où j'avais noté certaine instruction,
Et le jour qu'au jury la cause était soumise?
Je l'avais à la main quand à la triste Elise
Hier je dis adieu... L'aurais-je pu laisser
Près d'elle, sous ses yeux? Je frémis d'y penser!
Pauvre Elise, quel coup! tandis que languissante,
Sur ton lit de douleur, tu ne la crois absente,
Cette chère Armantine, ainsi qu'on te l'a dit,
Que parce qu'un motif d'intérêt le prescrit,
D'apprendre que, martyr de sa reconnaissance,
Pour les soins que de toi recueillit son enfance,
Cet ange, accréditant elle-même une erreur,
Sans laquelle sur toi d'un père la fureur
N'eût que trop déversé l'opprobre, l'anathême,
Ne travaille à rien moins qu'à s'offrir elle-même
Aux horreurs, s'il le faut, de ce trépas cruel,
Qu'en vain un roi, jaloux de se rendre immortel (1),
Eût voulu mille fois, et le voudrait encore,
Effacer de nos lois, qu'impie (2) il déshonore!!!

(1) La peine de mort, qu'a voulu proscrire de nos codes, Louis-Philippe Ier, roi des Français, qui, ne pouvant obtenir des chambres l'abolition de cette peine, l'a tout au moins proscrite indirectement de fait, par le noble et fréquent exercice de son droit de grâce et de commutation de peine, non-seulement en faveur de tous condamnés civils et politiques ordinaires; mais, sujet plus digne encore d'admiration, en faveur même de ses propres meurtriers.

(2) Ou *absurde*, au choix de l'acteur; vu que ces deux épithètes peuvent également se justifier; choisira-t il en effet l'épithète d'impie? la justification s'en trouvera page 66 de ce drame. Choisira-t-il celle d'absurde? la justification s'en trouvera dans ces deux considérations :

La première, qu'il est loin d'être généralement reconnu que la peine de mort soit de toutes les peines praticables la seule dont la perspective puisse efficacement arrêter dans la tentative ou dans la perpétration de son crime, l'intentionnel meurtrier; et qu'à moins cependant de cette propriété bien démontrée, une telle peine ne saurait être considérée comme exercée par le corps social dans le cas prévu par l'article 328

A quoi donc m'eût servi d'employer tant de soins
Pour t'éloigner des lieux de nos malheurs témoins,
Si de tous ces malheurs le plus épouvantable
Te venait imprimer la crainte qui m'accable ?
Oh! mais, non, le voici cet écrit.... Espérons
Que tu ne sauras rien, que nous triompherons,
Qu'Armantine sauvée...

SCÈNE VI.

VALSAIN, ERNEST, FURGOLE.

ERNEST, *sans voir Valsain, et s'adressant à Furgole qui le suit.*

Un intérêt si tendre
De tout autre qu'un père, ami, ne peut s'attendre;
A tes rapprochements je n'en saurais douter;
Il s'agit d'Armantine; et qui vient m'inviter
A la défendre?... un père...

du code pénal, c'est-à-dire pour la légitime défense de soi-même ou d'autrui.

La deuxième, qu'une peine aussi irrévocable et aussi irréparable qu'une peine de mort, ne saurait, sans l'imprudence la plus coupable, être prononcée par un tribunal humain dont aucun membre ne saurait se soustraire au risque d'être induit en erreur soit par son propre esprit, plus ou moins prévenu, distrait ou passionné, soit par celui de chacun de ses collègues; soit par celui plus suspect encore de l'accusateur et des témoins produits par ce dernier; soit enfin par celui du magistrat chargé de diriger, puis de résumer les débats, au gré d'une mémoire plus ou moins infidèle.

La suite du présent drame, au surplus, indiquera suffisamment à quels autres genres de risques se trouve exposé tout juge ou tout juré consciencieux, qui considérerait comme le plus grand malheur auquel il put être soumis, celui de rendre irrévocablement victimes de son incurable faillibilité, des malheureux accusés que sa décision aurait fait marcher au dernier supplice.

VALSAIN.

Ou celui dont la vie
A la sienne, Monsieur, est tellement unie...

ERNEST, *n'en pouvant croire Valsain.*

A celle d'Armantine?

VALSAIN.

Oui, que le même fer
Qui trancherait ses jours me tuerait (1)!

FURGOLE, *à part.*

Est-ce clair?
Et moi, ne m'être pas douté que c'était l'homme
Qu'il fallait écarter!... ce contretemps m'assomme!

VALSAIN, *à Ernest.*

Aux premiers mots, Monsieur, qui vous sont échappés,
J'ai compris que par vous ne seraient pas trompés
Les vœux que de ma part on a dû vous transmettre.

ERNEST, *froidement et avec embarras.*

A nul engagement je ne puis me soumettre;
Il est dans ce procès de ces présomptions....

VALSAIN, *avec franchise et entraînement.*

Dites de l'ignorance et des préventions;
L'orgueil d'un médecin, qui se croit infaillible,
Et dont l'entêtement, pour moi, serait risible,
Si le rire et le deuil pouvaient s'associer.
Ecoutez; je vous dois et veux tout confier;
Vous êtes prévenu; le nom de l'accusée
En entrant occupait trop bien votre pensée

(1) A ceux qui trouveraient exagéré et dès lors invraisemblable le dévoûment qu'ici manifeste Valsain pour Armantine, dont il ne doit être que l'ami, nous dirons: Réfléchissez qu'il est témoin du grand acte de dévoûment par lequel cette Armantine, au péril de son honneur et de sa vie, sauve son Elise de la malédiction de son père et probablement d'une entière exhérédation. Nous ajouterons: Considérez que si Armantine succombait, il deviendrait fort douteux pour lui que son Elise, venant plus tard à l'apprendre, pût supporter ce coup sans périr.

Pour m'en laisser douter ; parlons donc sans détour:
De l'enfant dont sa main aurait tranché le jour;
Qu'il s'agit de venger ; qui, s'il périt victime
D'un forfait, doit avoir pour vengeur légitime
Précisément l'auteur du jour qu'il a perdu;
Pensez-vous que le père ait droit d'être entendu?

ERNEST.

On l'a dit mort?

VALSAIN.

Il est à vos pieds, qu'il embrasse!
Oui, oui, c'est lui, Monsieur, qui vous demande grâce,
Grâce pour l'accusée, ou plutôt, qu'ai-je dit?
(Il se relève avec fierté.)
Justice où la loi doit; justice lui suffit.
Qui donc en douterait, quand c'est moi, moi le père
De l'enfant qu'elle aurait privé de la lumière;
Moi, qui devrais avoir cette femme en horreur!
Et viens dire : Il n'est rien de plus pur que son cœur.
Mes preuves sont dabord que c'est moi qui vous prie,
Pour vos soins à défendre une si belle vie,
D'accepter tous mes biens; peu de choses, cet or,
Seule épargne qu'ait pu me permettre le sort....
Mais mes preuves aussi sont qu'ici je vous livre
Le droit de m'empêcher au moins de lui survivre;
Puisque s'il faut, Monsieur, qu'appuyant vos discours,
Au banc des accusés je me place.... j'y cours.

ERNEST, *à part.*

Malheureux! de quel trait il déchire mon âme!
Mais peut-on aimer plus? et qui mieux d'une femme,
Mérite de fixer la tendresse et les vœux,
Si ce n'est le mortel qui la chérit le mieux?
Le mieux! le mieux au moins, il fait ce qu'il doit faire,
Privé de son enfant, que fait-il pour la mère?
Son devoir!... et le tien? tu balances encor
Ernest!...

VALSAIN, *avec anxiété.*

Eh bien! Monsieur?

ERNEST, *lui désignant la bourse jetée sur la table.*

Ah! reprenez cet or;

VALSAIN.

Je veux qu'il soit à vous.

ERNEST, *remettant forcément la bourse aux mains de Valsain.*

Oh! veuillez le reprendre.

VALSAIN, *consterné.*

Ainsi votre talent refuse de défendre....

ERNEST, *qui après un combat intérieur, tend brusquement la main à Valsain, lui dit avec une expression d'amitié mêlée d'une haute estime.*

Des détails de sa cause il nous reste à parler,
(A Furgole.)
Entrons: que nul ici ne vienne nous troubler.

(Valsain est entraîné par Ernest dans la chambre à gauche de celui-ci.)

SCÈNE VII.

FURGOLE, *seul.*

Pour Mondor et sa fille agréable consigne;
Et les voici tous deux! ô fortune maligne,
Ce sont là de tes coups! me faire recevoir
Ce Valsain qu'un Ernest jamais n'aurait dû voir....
Et quand ici paraît cet ange.... l'éconduire!...

SCÈNE VIII.

FURGOLE, MONDOR, LUCILE, entrant avec son père par la porte du fond.

MONDOR, *à Furgole.*

Eh bien! Monsieur Ernest, allez-vous nous instruire
Du moyen de le voir?

FURGOLE.

Hélas ! en ce moment
Un client le retient dans son appartement,
Et, s'il faut accomplir les ordres qu'il me donne,
Il n'est d'ici longtemps visible pour personne.

LUCILE.

Comment ! pas même pour ?...

FURGOLE.

Eh ! non, pas même pour....
(A part.)
Et pour ces jolis yeux ne pas brûler d'amour !

MONDOR.

Dans cet appartement qui, si voisin du vôtre,
Pour ce soir, m'a-t-on dit, va devenir le nôtre,
Veuillez, quand votre ami pourra nous recevoir,
Nous en donner avis....

FURGOLE.

Je m'en fais un devoir.
(A part.)
Puisqu'ici nous restons, du moins tout nous l'assure,
Allons contremander et chevaux et voiture.
(Haut.)
Pardon, dans un moment je reviens.

(Il sort.)

SCÈNE IX.

MONDOR, LUCILE.

MONDOR.

Ainsi donc,
Nous voici consignés ici, comme en prison,
Quand je devrais ailleurs....

LUCILE, *d'un air suppliant.*

Un peu de patience !

MONDOR.

Je suis autant que toi plein de reconnaissance
Pour le cher défenseur ; mais il aurait bien pu
Ne pas sembler nous fuir.

LUCILE.

Quoi, vous n'avez pas vu
L'honorable motif de sa prompte sortie ?
Que s'il se retirait, c'était par modestie,
Pour esquiver l'essor de tant de compliments,
Et peut-être encor mieux de nos remercîments.
Eussiez-vous mieux aimé, lorsque votre parente,
Pendant tout le procès si fort indifférente,
Est venue, aussitôt ma mise en liberté,
Nous accabler tous deux de sa civilité,
Qu'il nous suivît chez elle, où, ne vous en déplaise,
Je ne vous ai pas vu plus que moi fort à l'aise;
Et l'entendît surtout faire honneur du succès
Qu'il venait d'obtenir aux vœux qu'elle avait faits,
Aux soins qu'elle avait pris de faire mon éloge,
A cinq ou six jurés qu'elle avait dans sa loge
Avant hier au spectacle, et conclure à part soi,
Qu'à ma reconnaissance elle seule avait droit ?
Pauvre Ernest ! voyez donc sans sa retraite prompte
Ce qu'il eût entendu ! Puis pour nous quelle honte !
Quand nous lui devons tant, d'entendre devant lui
Ravaler à ce point son généreux appui.
Puis.... vous riez.

MONDOR.

Mais, non, continue, à merveille !
Il fut ton défenseur, tu lui rends la pareille
Avec une chaleur...

LUCILE.

Mais enfin ai-je tort ?

MONDOR.

Non, non, ma chère enfant ; moi-même approuve fort,

Chez ce jeune avocat tant de délicatesse :
D'autant que je suis loin de lui prêter l'adresse
De n'avoir refusé toute offre de païment,
Que pour mieux conquérir certain cœur innocent;
Ensuite avec ce cœur, une main qui présente,
En dot, à son futur, cent mille francs de rente.

LUCILE.

Quoi! ce jeune avocat, qui peut faire un chemin!

MONDOR.

Soit, mais au cours duquel une si belle main
Ne saurait rien gâter.

LUCILE, *d'un air caressant à son père.*

Vous auriez la pensée?

MONDOR, *malignement.*

Fi donc! tu me fais tort! moi, l'âme intéressée,
A ce point d'acquitter ma dette avec ton cœur?
Non, non, ma chère enfant, ton père a trop d'honneur
Pour ne pas acquitter lui-même cette dette.

LUCILE, *à elle-même.*

Qui pourtant est la mienne enfin.

MONDOR, *sans l'avoir entendue.*

Et je projette,
Pour ce soir, un cadeau que l'on doit de ma part
Lui remettre aussitôt après notre départ.

LUCILE.

(Se reprenant.)
Notre départ! Eh quoi! sans le voir, sans apprendre
Demain le jugement que le jury doit rendre
Sur le sort de l'amie aux soins de qui je dois,
Dans ma captivité, ce que depuis trois mois
J'ai goûté de bonheur.... cette chère Armantine!

MONDOR.

Je conçois l'intérêt.... mais pourtant j'imagine
Que si nul intérêt, autre que celui-ci,

Ne te fait désirer de demeurer ici,
J'y verrais à ta place un motif, au contraire,
De partir dès ce soir....

LUCILE.

Pourquoi cela, mon père?

MONDOR.

Pourquoi? Ne vois-tu pas, quel que soit son arrêt,
Qu'il te faut, en dépit d'un si vif intérêt,
Renoncer dans le monde à revoir cette amie,
Si de ton propre honneur tu n'es pas ennemie;
Qu'elle obtiendrait en vain sa mise en liberté,
Sitôt que par l'aveu de sa maternité
Elle se trouve au rang de ces femmes déchues,
Qui des honnêtes gens ne peuvent être vues?

LUCILE.

Eh! qui nous dit ici qu'un destin moins jaloux
Ne lui donnera pas son amant pour époux?
Que rendue à l'honneur, épouse légitime,
On ne la verra pas justifier l'estime
Que d'avance a de moi conquise sa candeur?

MONDOR.

Tu sais trop à quelle île on compare l'honneur!

LUCILE.

Oui, j'en ai su tirer la règle salutaire,
Qu'à s'imposer chacun doit se montrer sévère;
Mais si l'honneur, dit-on, est une île sans bords,
Où l'on ne peut rentrer dès qu'on en est dehors,
Est-ce donc un arrêt tellement équitable,
Qu'il soit si beau de fuir quiconque fut coupable,
D'abjurer envers lui tout sentiment d'amour,
Qui pourrait vers le bien provoquer son retour?
Ces superbes rochers qui défendent cette île,
Contre qui de son sol un seul instant s'exile,
Entre nous quels sont-ils? Nos cœurs, ou notre orgueil,
Qui pense qu'au coupable un généreux accueil,
Nous ferait supposer atteints de sa faiblesse!

Qu'arrive-t-il? que l'être égaré qu'on délaisse,
Pour avoir déserté cette île des vertus,
Loin de s'en rapprocher s'en éloigne encor plus;
Que sûr de n'y trouver nul port après l'orage,
De nager vers ses bords il perd l'entier courage,
Et meurt en maudissant des frères inhumains,
Qui pouvaient le sauver, en lui tendant les mains.
Ah! la santé du corps nous est aussi ravie
Parfois: que deviendraient quelques restes de vie
Si, craignant de passer pour être atteints du mal,
Qui semble de nos jours marquer l'instant fatal,
Nos frères, nos amis, désertant notre couche,
N'envisageaient nos maux que d'un regard farouche,
S'imaginaient devoir, loin de nous assister,
Pour sauver leur honneur, nous fuir, nous détester?
On rougirait d'oser proclamer ce système;
Et des humains voyez l'inconséquence extrême!
On feint de ne pas voir que la santé du cœur,
Comme celle du corps, a ses jours de langueur;
Que le mal, quel que soit de nous ce qu'il accable,
Soit le corps, soit le cœur, est loin d'être incurable,
Et tandis qu'à ce corps, vous portez vos secours,
Ce cœur vous le laissez se flétrir pour toujours!...
Ah! n'espérez jamais que ma raison admette,
Ce système insensé que mon instinct rejette.
Non, non, chère Armantine, il ne sera pas dit
Qu'en vain depuis trois mois l'amitié nous unit.
Pardonnez ce discours à votre enfant, mon père,
A qui, depuis trois mois, elle a servi de mère....

MONDOR.

De mère!

LUCILE.

Ah! vous direz que c'est prévention,
Que de mon amitié c'est une illusion:
Soit; mais en l'écoutant cette chère compagne,
A sa voix que toujours embellit, accompagne
Un sourire si doux, si bon, si gracieux,

Que de fois ai-je cru que, descendant des cieux,
Pour consoler sa fille aux jours de sa misère,
Au fond de ma prison m'apparaissait ma mère,
Oui, oui, la même voix, presque les mêmes traits....

MONDOR.

Eh bien! cette amitié, dont je vois les effets,
Ne dois-je pas y voir une source de larmes,
Si demain cet arrêt, objet de tant d'alarmes!
Allait pour cette amie être un arrêt de mort?

LUCILE.

De mort! y songez-vous? quoi donc! l'injuste sort
Pourrait!... oh! non, jamais...

MONDOR.

Pour prendre sa défense
Là ne paraîtra pas un Ernest.

LUCILE.

Eh! j'y pense:
Pourquoi cet avocat, dont l'esprit pénétrant,
N'a pour se préparer besoin que d'un instant,
Ne défendrait-il pas une cause si belle?

MONDOR.

Il faudrait prévenir cette amie.

LUCILE.

Auprès d'elle
Courons vîte tous deux lui conseiller ce choix.

MONDOR, *ayant aperçu Furgole entrer en scène.*

Je t'y suis; mais avant, seul un instant je dois
Interroger d'Ernest l'ami qui nous écoute.

LUCILE.

L'interroger, pourquoi?

MONDOR.

Pour dissiper un doute;

LUCILE.

Et je serais de trop?

MONDOR.

Peut-être.

LUCILE.

La raison ?

MONDOR, *la reconduisant.*

Tu la sauras, je vais te joindre à la prison.

SCÈNE X.

MONDOR, *seul.*

Quand au bonheur d'autrui, cher ange, tu travailles,
Il est juste envers toi d'user de représailles,
Cœur ingénu, qui viens de nommer ton vainqueur;
Mais avant de t'offrir à ce cher défenseur,
Qui ne serait heureux s'il ne t'aimait lui-même,
Il faut de son ami, par quelque stratagême,
Savoir s'il n'aurait pas brûlé de quelques feux,
Qui pussent entraver tes désirs et mes vœux,
Engager l'entretien sur pareille matière
N'est pas chose facile...

SCÈNE XI.

MONDOR, FURGOLE.

MONDOR.

Il est une prière
A vous faire, Monsieur.

FURGOLE.

Et laquelle ?

MONDOR.

Vraiment
Jamais ne fut pour moi cas plus embarrassant !

Et d'où naît l'embarras? de la délicatesse
De votre ami, chez qui règne trop de noblesse;
Oui, oui, trop; car jamais il ne s'est présenté
D'homme à porter si loin la générosité.
Croiriez-vous qu'étranger qu'il est à ma famille,
Sollicité par moi de défendre ma fille,
Loin de rien exiger pour prix de son talent,
D'accepter tout au moins le plus léger présent,
Il m'eût, pour le plaisir que je semblais lui faire,
Offert ses propres biens, je crois, pour honoraire.

FURGOLE.

Quoi de si surprenant à cela trouvez-vous?
Monsieur.

MONDOR.

Comment, Monsieur!

FURGOLE.

Ce sont là de ses coups.
(A part.)
L'insensé, pour briller devant son infidèle,
N'a-t-il pas tout quitté, Paris, sa clientelle!

MONDOR.

Que ce soit son usage, il ne serait pas bien
A moi d'en profiter; et puisqu'il ne veut rien,
J'entends que le tribut de ma reconnaissance
Passe à qui dans son cœur obtient la préséance.
Vous êtes son ami.

FURGOLE, *à part.*

Quoi donc! serait-ce à moi
Que le tribut viendrait?

MONDOR.

Et même je vous croi
De ses amis de cœur surtout le plus intime.

FURGOLE.

(A part.) (Haut.)
Plus de doute. Il est vrai que surtout il m'estime.

MONDOR.

Alors vous connaissez les secrets de son cœur.

FURGOLE.

(A part.) (Haut.)
Que veut-il dire? Eh! mais, Monsieur, j'ai cet honneur.

MONDOR.

Il n'est pas qu'à Paris, et surtout à son âge,
Lancé dans le grand monde avec tant d'avantage,
Il n'ait déjà fait choix de quelqu'aimable objet
Avec qui de s'unir en lui soit le projet.

FURGOLE, *comme se faisant scrupule.*

Monsieur!

MONDOR.

Vous devinez le motif qui m'entraîne
A chercher de son cœur l'aimable souveraine;
Est-il moyen plus doux de me venger de lui,
Que d'offrir à l'objet qu'il adore le fruit
D'un talent qui déjà le rend si digne d'elle?
Je ne demande pas si cette toute belle,
Autant qu'elle le doit, le paye de retour...

FURGOLE, *à part.*

Qui! moi! lui dévoiler l'inconséquent amour
Qui pour son Armantine! oh! non, non, Dieu m'en garde!

MONDOR, *qui l'a vu avec inquiétude réfléchir.*

Vîte! si vous saviez, Monsieur, comme il me tarde!

FURGOLE.

Oh! je le crois, Monsieur,... à la réflexion,
Vrai, je ne lui connais nulle inclination.

MONDOR.

Pas la moindre petite? Eh! le moyen d'y croire?
Allons, voyons, Monsieur, creusez votre mémoire;
Peut-être n'osez-vous? car enfin, à Paris,
Quelquefois un savant, qui du temps sait le prix,
Préfère aux longs tourments d'un langoureux servage,
Le roman qui finit à la première page.

Il est très-vrai qu'alors on cite rarement
L'objet qui nous flatta d'un si prompt dénoûment.
Mais que m'importe à moi que la beauté qu'il aime
Soit du plus bas étage, ou soit d'un rang suprême?
Cela m'est fort égal, pourvu que le tribut
De ma reconnaissance atteigne enfin son but.

FURGOLE, *à part.*

Franchement je ne puis nommer cette Armantine,
Quand à d'autres amours sa faute la destine,
Et quand précisément pour nous la disputer,
La père de l'enfant vient de ressusciter.

MONDOR, *à part.*

Il réfléchit longtemps, et de plus il me semble
Qu'il a parlé de père, d'enfant... Dieu! je tremble...
(Haut.)
Enfin, parlez, Monsieur, serais-je assez heureux?

FURGOLE.

Ma foi, non; j'en rougis; vous m'en voyez honteux!
Mais de mon jeune ami j'ai beau connaître l'âme,
Je ne le vis jamais épris d'aucune femme.

MONDOR.

Vraiment?

FURGOLE.

Vraiment.

MONDOR, *ne pouvant contenir sa joie.*

Eh bien! touchez là, mon enfant,
Vous ne pouviez jamais me rendre plus content.
Je ne vous dis que ça.

(Il sort comme un fou.)

SCÈNE XII.

FURGOLE, *au comble de la surprise et suivant Mondor des yeux.*

Rien que ça! mais je pense

Que, pour juger l'excès de la reconnaissance
Du généreux client, en voilà bien assez !...
Chers clients, tant présents que futurs et passés,
Vous voilà bien, sitôt que la cause est plaidée !...
Quant à la belle enfant.... Dieu ! l'excellente idée !
Oui, mais qui ne m'advient que lorsqu'il n'est plus temps.
N'avoir pas profité de ces empressements
Chez Mondor, à savoir vers quelle heureuse femme
Pouvait du cher Ernest, se diriger la flamme,
Et se devait dès-lors diriger maint présent,
Pour dire : Ce tribut, offrez-le à votre enfant !!!
Oui, oui, par ce mot seul je donnais ouverture
A certains pourparlers, que sais-je ? de nature
A provoquer d'Ernest une explication,
Qu'eût-il pu ? démentir ma déclaration ?
Dire à ce bon papa : Je n'aime point ta fille :
Je refuse l'honneur d'entrer dans ta famille ?...
Non, non, plus d'Armantine à contrebalancer
Un parti dans lequel je venais l'enlacer ;
Je le rendais heureux malgré lui, mais qu'importe ?
J'amortissais le coup que ce Valsain lui porte !
Mais ce qui n'est pas fait, ne puis-je donc encor
Le tenter ? aller voir le cher papa Mondor,
Lui lâcher l'heureux mot ? Oui, c'est là mon affaire.
Dans sa douleur Ernest est homme à ne rien faire
De tout ce qui pourrait l'arracher au malheur.
Ah ! courons, s'il se peut, lui chercher du bonheur.
Pauvre Ernest ! le voici ! quelle terrible épreuve !...
Sa voix ne me dit plus : C'est une simple veuve !...
Vraiment, c'était un coup à lui donner la mort !
Mais quand il la verra, quel coup plus rude encor !

(Furgole sort.)

SCÈNE XIII.

ERNEST, VALSAIN.

ERNEST.

Tranquillisez l'esprit de votre.... protégée ;
Dites-lui que demain, si sa cause est jugée
Telle que je la juge, elle peut se flatter
De n'avoir du Jury plus rien à redouter.

VALSAIN.

Mais cet espoir qu'ici votre bouche me donne,
Ne pourriez-vous venir le donner en personne
A celle dont il doit assurer le repos ?
Je suis sûr que de vous suffiraient quelques mots
Pour la tranquilliser....

ERNEST, *qui fait un mouvement d'effroi à cette prière.*

Demain à l'audience
Je la verrai, Monsieur, j'y prendrai sa défense :
Cela doit lui suffire..

VALSAIN.

Oui ; mais vous suffit-il ?
Pardon, mais votre esprit plus que le mien subtil
Pourrait, en écoutant lui-même l'accusée,
Saisir ce qui peut-être a fui de ma pensée.

ERNEST.

Vous êtes trop modeste.

VALSAIN.

Eh bien ! j'ajouterai
Que ce vif intérêt que vous ont inspiré
Mes discours en faveur d'une simple inconnue
Redoublera chez vous, dès que vous l'aurez vue.

ERNEST.

Demain je la verrai....

VALSAIN.

Mais il sera trop tard....

ERNEST.

Pour juger de ses traits il ne faut qu'un regard;

VALSAIN.

Ses traits ! sans doute ils sont d'une charmante femme;
Mais que sont-ils auprès des beautés de son âme :

ERNEST.

(A part.) (Haut.)
Cruel homme ! Et qui ? moi, près d'elle en ce moment
Me rendre ?

VALSAIN, *après un long regard de surprise.*

Eh ! qu'aurait donc pour vous d'inconvenant,
Lorsque devant la cour elle est près de paraître,
Qu'il est de vos devoirs de la faire connaître
A ce jury qui doit dès demain la juger,
Vous-même de la voir et de l'interroger ?
N'est-ce donc plus pour vous une sainte maxime :
Avec tout accusé de confronter le crime ?
De voir si ce qu'il faut d'audace, de noirceur,
Pour tel crime commis, cadre avec la douceur
Le naturel enfin de l'être qu'on accuse ?
Et comment l'avocat pourra-t-il, s'il refuse
De voir, d'étudier lui-même son client,
Dans ses conceptions être assez confiant
Pour espérer, plaider, avec cette assurance,
Ce ton de vérité qui seul fait l'éloquence ?
Ah ! venez....

ERNEST.

Dès ce soir ?

VALSAIN.

Demain sont les débats.

ERNEST, *se laissant comme arracher chaque mot.*

Eh bien ! donc, je vous suis ;... je marche sur vos pas....

Je vous rejoins chez vous, où vous pouvez m'attendre....
De là vers la prison je consens à me rendre.

VALSAIN, *sortant comme pour éviter un contre-ordre.*

Oui, vers cette cliente heureuse de vous voir !

(Il sort.)

SCÈNE XIV.

ERNEST, *seul.*

Heureuse ! de mon trouble et de mon désespoir !...
Mais, non, cachons-en bien jusqu'à la moindre trace;
Que d'un bonheur passé tout souvenir s'efface ;
S'efface !!! Et pourquoi donc l'oublier ce bonheur,
Qu'on ne te devait pas ; qui d'une douce erreur,
S'il te berça, te fit du sentier de la vie,
Quelques instants du moins, une route fleurie ?
Ingrat ! si tu te plains que ce fut t'outrager,
En homme délicat sache au moins te venger ;...
Elle est dans le malheur, t'appelle, et tu diffère !
Oh ! non, je cours la voir ; mais la voir comme un père ;
Comme un père jaloux de lui sauver l'honneur ;
Oui, oui, je la défends, dis-je à son séducteur,
Mais à condition, qu'aussitôt acquittée,
Elle verra par vous, aux flambeaux d'hyménée,
Décorer son amour d'un titre plus sacré :
Ainsi donc son bonheur, à jamais assuré,
Si le sort ne veut pas que mon cœur le partage,
Au moins de mon amour sera le digne ouvrage.

(Il sort.)

ACTE DEUXIÈME.

SCÈNE Ire.

MONDOR, LUCILE, ARMANTINE.

MONDOR, *en entrant en scène à Armantine et suivi de Lucile.*

Pour moi, si je persiste à vous le proposer,
C'est qu'ici nul n'est fait pour le rivaliser;
Quant au vif intérêt qu'à vous il saura prendre,
Vous pouvez y compter; il lui suffit d'apprendre
La tendresse qui règne entre ma fille et vous,
Pour que de vous servir il se montre jaloux.
En générosité c'est la perle des hommes;
Ensuite vous voyez qu'au point où nous en sommes,
Cet homme m'appartient : n'a-t-il pas résolu
De devenir mon gendre? or c'est un point conclu.

LUCILE.

Mon père, vous n'avez encore aucune preuve.

MONDOR, *à Lucile.*

Dis donc que je n'ai pas une tête aussi neuve
Qu'est encore la tienne, et que j'y vois plus clair;
Non, non, ce n'est pas lui qui fait trotter son clerc!
Qui lui-même a pris soin de lui tracer son rôle!
Comment! vingt fois au moins je presse ce Furgole :
Dites-moi, s'il n'a pas quelqu'inclination?
Lui dis-je, et sur ce point ferme négation....
Un quart d'heure s'écoule; et mon homme m'arrive;
Me dit : « Qu'il se repent; que sa langue craintive

» N'a pas osé me dire à quel objet aimé
» Le présent que j'offrais devait être donné ;
» Mais, qu'ayant pris conseil de sa délicatesse,
» Il vient de cet objet me présenter l'adresse.
» — Et quel est cet objet digne de mon présent ?
» Ce cher objet, dit-il, est votre aimable enfant.... »
Sans doute qu'il a pris des conseils, je le pense,
Pour me gratifier de cette confidence ;
Mais des conseils de qui ? de son cœur délicat ?
Non ; le fait est trop clair, c'est de notre avocat,
Qui sans doute n'a vu d'occasion plus belle
(A Armantine.)
Pour lui de s'expliquer. Qu'en dit Mademoiselle ?
Ce trait là n'est-il pas d'un homme plein d'esprit ?

ARMANTINE.

On n'est pas plus adroit !

MONDOR.

Là, quand je vous l'ai dit,
Qu'en tous points il était d'un esprit admirable !
Allons, voyons, soyez un peu plus raisonnable ;
Voilà l'homme qu'il faut pour votre défenseur,
Pour seconder au moins l'apprentif orateur
Que l'on vous a choisi... Je vais régler un compte
Avec notre concierge, à mon retour je compte
Vous trouver décidée ; et de suite je cours
Pour vous de notre Ernest invoquer le secours.
(Il sort.)

SCÈNE II.

ARMANTINE, LUCILE.

LUCILE.

De vous voir l'accepter que je serais ravie !

ARMANTINE.

Chère enfant, je conçois que l'on tienne à la vie,

Quand on en voit les jours tissus par le bonheur ;
Pour vous, quels jours sereins succèdent au malheur !
Un père qui ne vit que pour vous rendre heureuse,
Un ami partageant votre flamme amoureuse ;
Et qui, quand son talent vient de sauver vos jours,
S'apprête à les charmer par ses tendres amours !
Ah ! vous avez raison de chérir l'existence !
Mais moi, qui du bonheur dois perdre l'espérance ;
Qui ne puis échapper au plus funeste sort
Que pour traîner des jours plus affreux que la mort !
A quelles fins voudrais-je écarter un orage
Qui, s'il vient me frapper, peut-être me dégage
De mille autres tourments sur moi prêts à pleuvoir ?
Je rends grâce au motif qui vous a fait me voir.
A votre défenseur j'accorde le mérite,
La générosité que de lui chacun cite ;
Mais pourquoi la mettrais-je à contribution ?
Ne me suffit-il pas de la précaution
Qu'on a prise pour moi d'assurer ma défense ?
En arrivant ici j'acceptai l'assistance
D'un autre defenseur, je le conserverai.
Quel est-il ? je l'ignore ; et lui sais même gré
De m'avoir épargné l'embarras de l'entendre.

LUCILE, *paraissant faire allusion à la position d'Armantine.*

Oui, l'embarras !...

ARMANTINE, *avec accent.*

Pour vous impossible à comprendre!

LUCILE.

S'il est un point surtout que ne comprenne pas
Ma trop faible raison, c'est de voir qu'ici-bas
Vous paraissiez n'avoir rien qui vous intéresse.
Cependant votre cœur a connu la tendresse,
Car enfin vous avez aimé...

ARMANTINE.

Je vous entends ;

Mais sans vous fatiguer de faits indifférents
Pour toute autre que moi, sachez qu'il est encore
Dans ce monde, en effet, un mortel que j'adore.

LUCILE.

Pourquoi donc dédaigner des jours qui sont à lui ?

ARMANTINE.

Pour jamais de mon cœur cette espérance a fui !

LUCILE.

Quoi donc ! oublîrait-il le nœud qui vous engage ?
A confier ses maux souvent on les soulage ;
A quoi bon, sans cela, servirait l'amitié ?

ARMANTINE.

Chère enfant, de moi donc quelqu'un aura pitié !
Puisque vous l'exigez, sachez donc, mon amie,
De quel coup me frappa la fortune ennemie.
Hélas ! depuis seize ans elle semblait m'offrir
Le sort le plus brillant, le plus doux avenir !
J'achevais à Paris de profondes études
Au-dessus de mon sexe et de ses habitudes ;
Au rang des professeurs de notre pension,
En brillait un surtout riche d'instruction,
Et qui bientôt parut à son écolière
Non moins riche dans l'art et d'aimer et de plaire.
M'aimait-il en effet ? pour moi le plus certain
C'était que de mon cœur il était souverain.
Armant (c'était son nom) n'avait d'autre fortune
Que ses rares talents ; moi j'en espérais une
De l'homme à qui seize ans je crus devoir le jour.
Heureuse d'enrichir l'objet de mon amour,
J'écris au bienfaiteur en qui je vois un père,
Lui fais de mon amour confidence sincère,
Et ne pouvant douter de son consentement,
Déjà comme un époux, regarde mon amant.
Chère et fatale erreur, source de l'imprudence
Que j'eus d'encourager sa trop douce espérance,
Devais-tu faire place au jour, au jour affreux

Qui vint désabuser mon espoir et mes vœux?
Mon protecteur m'écrit : que porte sa réponse?
« Qu'à le nommer mon père il faut que je renonce;
» Que je suis orpheline, et n'ai pas d'autre bien
» Qu'une éducation qui sera mon soutien;
» Qu'en me la prodiguant, son unique espérance
» Etait de m'assurer des moyens d'existence;
» Que son but est rempli; que je puis dès ce jour,
» Renonçant, me dit-il, au plus frivole amour,
» Revenir dans les lieux qu'habite sa famille,
» Qu'il saura par ses soins et par ceux de sa fille,
» Me chercher les moyens d'exercer mes talents. »
Vous dire, à cet écrit, le trouble de mes sens,
Mes cris, mon désespoir, c'est ne vous rien apprendre.
Dans ma position, pour moi quel parti prendre?
Nourrir un fol amour qui n'a plus aucun but?
Non, me dis-je, d'Armant repoussons un tribut
Auquel je n'unirais qu'une affreuse misère.
Il paraît, cet Armant, hélas! trop sûr de plaire!
Il paraît, et jugez de ma position :
Vais-je, faisant appel à sa compassion,
Lui parler des malheurs qui pèsent sur ma tête?
M'exposer à le voir gémir de sa conquête;
Ou, si l'amour triomphe, à lui faire subir
Le partage d'un sort qui perd son avenir?
Non, non, des deux côtés même indélicatesse :
Oublier mon amour, repousser sa tendresse :
Oui, oui, la repousser, s'il le faut, sans pitié;
Sauf à lui garantir, s'il veut, mon amitié :
Tel est le seul parti que l'honneur me présente;
Mais l'ingrat! de quels noms traite-t-il une amante!
De quels cruels discours déchire-t-il un cœur
Qui n'immole qu'à lui son repos, son bonheur?
Je ne suis, prétend-il, qu'une indigne coquette,
Qui, chez lui, provoquant une flamme indiscrète,
N'ai paru accueillir l'hommage de ses vœux
Que pour voir à quel point, allumeraient de feux

Chez l'homme à qui mon cœur serait jaloux de plaire,
Les charmes dont, dit-il, j'étais dépositaire.
En vain à l'amitié j'invoque son retour ;
Aucun pas, me dit-il, rétrograde en amour :
Quiconque de nos cœurs s'est faite souveraine
N'en doit plus espérer que l'amour ou la haine.....
Eh bien! la haine donc, dis-je en me retirant;
Et l'ingrat d'infecter de ce mot déchirant,
Les terribles adieux de sa fougue insensée.

LUCILE.

Je conçois à quel point votre âme fut blessée ;
Mais tout en admirant le motif généreux
Qui vous fit travailler à comprimer ses feux,
Je vous dirai pourtant que mon esprit s'étonne
De voir que vous ayez repoussé la personne
En qui seule pouvait rencontrer un appui
De vos tendres amours le déplorable fruit.

ARMANTINE, *à part.*

Quelle erreur !

LUCILE.

Ah ! pardon, je vous afflige, amie ;
Mais enfin, dans l'espoir que naîtrait à la vie
Et non pas à la mort ce fruit de vos amours,
Ne lui pouviez-vous donc ménager les secours
D'un père ? car enfin....

ARMANTINE, *à part.*

Encor la même idée,
Qui, si je ne l'éteins, demeure accréditée ! ! !
Mais l'éteindre ! trahir !... oh ! non, ne craignons point
Une erreur qui d'ailleurs ne saurait de si loin
(Haut.)
Te nuire, cher Armant ! De douleur éperdue
Pouvais-je tout prévoir ? Je le perdis de vue ;
A la profession dont il avait fait choix
Il joignait, disait-il, la science des lois ;
Devenir avocat était son espérance ;
L'est-il en ce moment ? A quel barreau de France ?

Enfant, nous nous perdons en discours superflus
Sur un être qu'hélas ! je ne reverrai plus.

LUCILE.

Et pourquoi de le voir désespérer, ma chère ?
S'il a de mon Ernest embrassé la carrière,
Et s'il est du même âge, est-il donc sans espoir
Pour moi de le connaître, et pour vous de le voir ?
Oui, je le connaîtrai ; oui, je veux de ma bouche
L'intéresser moi-même à tout ce qui vous touche ;
Il saura vos malheurs ; il apprendra vos droits
Comme mère.

ARMANTINE, *avec accent.*

Ah ! plutôt qu'expire votre voix !

LUCILE, *au comble de la surprise.*

Comment ! que dites-vous ? Et pourquoi me défendre
De ramener à vous des amants le plus tendre ?
Alors, je l'avoûrai, je ne vous conçois plus...
Non ; je respecterai vos ordres absolus ;
Mais.... au surplus quittons un sujet qui vous blesse ;
Et reprenons celui qui surtout m'intéresse :
Amie, arrêtons donc, qu'aujourd'hui, dès ce soir,
Nous allons inviter mon Ernest à vous voir,
A partager demain, le soin de vous défendre.

SCÈNE III.

LES PRÉCÉDENTS, UN GUICHETIER.

LE GUICHETIER, *à Lucile.*

Votre père un instant vous invite à vous rendre
Auprès de lui.

LUCILE, *à Armantine.*

Du compte il sera quelques points
Pour lui peut-être obscurs ; j'y cours, puis vous rejoints.
En attendant, songez que sans indifférence
Pour moi, vous ne pouvez dédaigner l'existence.

(Elle sort.)

SCÈNE IV.

ARMANTINE, *portant la main à son corset dont elle retire le portrait d'Ernest.*

Il est là le mortel qui me l'eût fait chérir !
Loin de qui peu me doit importer l'avenir.
Qui ? moi ! quand je ne puis lui dévoiler mon âme,
Me laisser à ses yeux couvrir d'un masque infâme !
Non ; j'ignore son sort ; qu'il ignore le mien.
Ses traits, ses traits chéris, voilà mon dernier bien,
Le seul et cher appui que recherchent mes larmes,
Qui me distrait encor de trop justes alarmes.

SCÈNE V.

ARMANTINE, ERNEST.

ERNEST, *tandis qu'Armantine couvre de baisers le médaillon qu'elle a ouvert, entre par la porte du fond, et, témoin de l'action d'Armantine, dit :*

Eh bien ! à la bonne heure !

ARMANTINE, *cachant vite le portrait dans son sein, et se retournant du côté d'Ernest qu'elle reconnaît.*

En croirais-je mes yeux ?
Vous, Armand, qui vous peut attirer dans ces lieux ?
La soif de m'outrager, de venir me confondre,
De vous venger....

ERNEST, *avec dignité et beaucoup de bonté.*

D'un mot, je pourrais vous répondre ;
Mais comment se fait-il qu'un si lâche dessein
Vous paraisse avoir pu pénétrer dans mon sein ?
Me venger ! Et de quoi ? de ce que pour un autre
Vous brûliez quand mon cœur voulut s'unir au vôtre ?

ARMANTINE, *repoussant du geste cette idée.*

Ah!

ERNEST.

Loin de redouter de le mettre en plein jour,
Parlez-en bien plutôt de ce premier amour,
Qui seul de vos malheurs fut la source et l'excuse;
Que n'a-t-il ce public, qui partout vous accuse,
Sur ce portrait chéri vu comme moi vos pleurs!
Non, le crime n'a point de si tendres douleurs,
Dirait-il; et pour vous pénétré d'indulgence,
Excusant une faute....

ARMANTINE.

Une faute!

ERNEST.

Ah! silence!...
On vient, c'est votre ami que je n'ai devancé
Que pour vous prévenir, qu'oubliant le passé,
Il faut, dès qu'en ces lieux cet ami va paraître
Affecter vous et moi de ne nous pas connaître.

ARMANTINE.

Cet ami quel est-il?

ERNEST.

Votre amant, votre appui,
Valsain.
(Mouvement douloureux et répulsif d'Armantine.)

SCÈNE VI.

Les précédents, LUCILE, MONDOR, VALSAIN.

LUCILE, *parlant à Mondor, désignant d'un côté Valsain qui les accompagne et de l'autre Ernest déjà en scène.*

Monsieur dit vrai, mon père, c'est bien lui....
(A Ernest en s'approchant vivement de lui.)
Comment jamais pouvoir de ma reconnaissance
Vous exprimer l'excès?...

MONDOR, *à Ernest dont il serre la main avec affection.*

Moi, pour toute éloquence
Je presse cette main; et je dis : voyez-nous,
A la vie, à la mort, ces deux cœurs sont à vous.
(A Armantine.)
Oui, oui, ce défenseur qui m'a sauvé ma fille,
Avec elle, l'honneur, l'espoir de ma famille,
Que je dois désormais regarder comme un fils,
Vous le voyez.

ARMANTINE.

Monsieur!

LUCILE, *à part et l'œil sur Armantine qu'elle ne perd pas de vue pendant toute la scène.*

D'où naît cet air surpris,
Ce trouble?

MONDOR.

Eh! oui, c'est lui, dont j'ai cru par prudence
Vous devoir conseiller d'invoquer l'assistance;
Qui n'a pour vous sauver qu'à daigner consentir,
Par amitié pour nous, demain à vous servir.

VALSAIN.

Et c'est dans ce dessein que, cédant à mes larmes,
Il vient exprès ici pour préparer les armes
Dont il doit se munir pour ce nouveau combat.

ARMANTINE, *haut à Valsain.*

Mais vous aviez pour moi fait choix d'un avocat
Qui n'était pas Monsieur.

VALSAIN.

Oui, d'une riche espèce!
De lui ne parlons plus, et par délicatesse;
Parlons, parlons plutôt de l'insigne bonheur
Qui, quand il me semblait vous voir sans défenseur,
Tant de l'autre avocat pauvre était la science,
M'a fait tourner les pas où se tient l'audience,
Et là, m'a présenté, dominant tous les cœurs,

Arrachant aux jurés non-seulement des pleurs,
Mais l'absolution de sa jeune cliente,
Monsieur, qui, déférant à ma voix suppliante,
A daigné m'écouter ; et maintenant instruit
De tout par mes discours, vous prête son appui.

ARMANTINE, *bas à Valsain.*

De tout! grand Dieu! de tout! quoi vous n'auriez su taire?

VALSAIN, *bas à Armantine.*

Si fait, votre secret...

ARMANTINE, *à part.*

Alors il me croit mère ;
Et quand je lui devrais être un objet d'horreur,
(A Ernest, bas mais assez haut pour Lucile.)
Embrasser ma défense ! Ah ! c'est d'un noble cœur,
Armand...

LUCILE, *à part, et jusqu'à la fin de la scène, l'œil constamment tendu sur Armantine.*

Armand !

ERNEST, *à part à Armantine.*

Ernest est le nom qu'on me donne

VALSAIN, *à Ernest.*

Eh bien ! votre bonté maintenant me pardonne
D'avoir tant insisté pour enfin obtenir,
Qu'en ces lieux, dès ce soir, vous daignassiez venir.

ARMANTINE, *à part.*

Il y résistait donc : ainsi fuir ma présence,
Et pourtant me servir... oui, c'était sa vengeance,
Noble !... digne de lui !

VALSAIN, *à Ernest.*

Voyez, par ce moyen
Il ne tient plus qu'à vous, dans un libre entretien,
D'obtenir des détails qui de mon Armantine
Seront bien plus précis que de moi, j'imagine.

ERNEST, *échangeant avec Armantine le regard le plus douloureux.*

Oui, de votre Armantine...

VALSAIN.

Aussi pardonnez-moi
Si de vous laisser seuls je m'impose la loi;
(A Mondor et à Lucile.)
Si même, faisant trève à l'aimable visite
De Monsieur, de Madame, ici je les invite
A vouloir bien, usant de générosité,
Permettre que tous deux, en pleine liberté,
Profitiez des moments qui vous restent à peine
D'épuiser l'entretien dont l'espoir vous amène.

MONDOR, *à Valsain.*

Rien de plus juste! aussi sortons-nous avec vous;
Mais à condition, que demain, tout à nous,
Il voudra bien, sitôt sa nouvelle victoire,
Nous permettre avec lui de célébrer sa gloire.

ERNEST.

Ah! Monsieur.

MONDOR.

A demain, nous vous posséderons.
(A sa fille.)
Viens-tu?

LUCILE, *comme sortant d'un songe.*

Pour aller où?

MONDOR.

Mais nous nous retirons.

SCÈNE VII.

ARMANTINE, *à part, tandis qu'Ernest conduit jusqu'à la porte du fond, Mondor, Lucile et Valsain.*

Sa gloire! ah! son flambeau vient redoubler ma flamme
(Elle regarde le ciel pour indiquer Dieu.)
O toi qui me défends, sous peine d'être infâme,

Jusqu'au moindre regret, devais-tu, dans ce jour,
Me l'offrir digne, hélas! plus que jamais d'amour!
Que lui dire? abjurer un vain titre de mère?
Mais sur la vérité, si ma bouche l'éclaire,
Et si pour mon Elise il faut braver la mort,
Lui, pour y consentir, sera-t-il assez fort?
Voudra-t-il, qu'en pouvant prouver mon innocence
D'un mot, si de ce mot je lui fais confidence,
Ne le pas prononcer, laisser trancher mes jours?
(Elle montre son cœur.)
Non : ce mot donc alors, là qu'il reste toujours.
(Désignant Ernest.)
Oh! oui, mais comme à lui, fais-moi le cœur d'un ange,
O mon Dieu!

ERNEST, *revenu près d'Armantine.*

(A part.)
Si près d'elle, en moi quel trouble étrange
Que je n'ai pu prévoir... oui, mais qui ne fait pas
Qu'un Valsain en ait moins seul droit à tant d'appas.
(Haut et comprimant tout-à-coup le mouvement violent et convulsif que vient de lui arracher la dernière réflexion.)
(A Armantine.)
Pour celui qui de moi vous croyait inconnue,
Rien de plus important qu'une telle entrevue :
Comment, me disait-il, décrire aux magistrats
Tous les replis d'un cœur que l'on ne connaît pas?
Sans lui parler d'un temps où je crus les connaître,
Je n'ai pu devant vous refuser de paraître;
M'y voici... maintenant, sans qu'il en sache rien,
Je puis vous épargner un pénible entretien.

ARMANTINE, *avec humilité.*

Me l'épargner, à moi, dites mieux : à vous-même;
Mais je ne m'en plains pas; dans mon malheur extrême,
C'est déjà trop pour moi qu'un homme généreux
Combatte en ma faveur un destin rigoureux.
Puisqu'il vous est connu ce destin qui m'accable
D'avance vous savez combien est incapable
De pouvoir dignement envers vous s'acquitter

Celle que de vos soins vous daignez assister :
Aussi chez moi nul droit à la moindre exigeance.

ERNEST.

Vous êtes dans l'erreur ; si quelque récompense
Excitait mes désirs, il est quelqu'un pour vous
Qui d'accomplir mes vœux se montrerait jaloux.

ARMANTINE.

Je l'avais oublié ; mais je sais vous entendre...
(A part.)
Ainsi donc l'intérêt qu'à moi je le vois prendre,
Une autre en lui l'excite. Ah ! qu'il comble vos vœux
Ce quelqu'un qui pour moi se fait si généreux !
Oui, de son cœur pour vous je connais la tendresse ;
Je sais que par lui seul mon sort vous intéresse,
Qu'il brûle de pouvoir vous offrir aujourd'hui
Le prix qu'avec raison vous attendez de lui.

ERNEST.

Que j'attends de lui ! moi ! ses offres repoussées
D'avance m'ont vengé de pareilles pensées.

ARMANTINE.

Qu'entends-je ? vous auriez repoussé son amour
Quand, par vous supplié, son père dans ce jour
S'apprête à couronner votre amoureuse flamme !

ERNEST.

S'apprête à couronner !... Et de qui donc ! Madame,
Ici me parlez-vous ?

ARMANTINE.

De celle à qui je doi
L'intérêt qu'aujourd'hui vous daignez prendre à moi,
De Lucile, en un mot, dont à l'instant le père
Pour moi vous adressait sa fervente prière.
C'est presque devant moi que l'un de vos amis,
Venu de votre part, et devant eux admis,
De vos feux pour Lucile a fait la confidence,
Et vous a de son cœur dû porter l'assurance.

ERNEST.

J'ignore entièrement, et c'est sans mon aveu...

ARMANTINE, *à part et avec un rayon de joie.*

Quoi donc ! de son ami ce n'eût été qu'un jeu.
(Haut.)
Mais alors de qui donc parliez-vous ?

ERNEST.

Je m'étonne
Que vous me demandiez le nom de sa personne,
Lorsque l'heureux Valsain vient de vous exposer
Comment de vous défendre il vint me proposer.
Ah ! je ne craindrai point à vos yeux de le peindre
Trop digne du bonheur auquel il sut atteindre.
Aimez-le bien, sachez qu'il ne tint pas à lui
Que, pour prix de mes soins, il ne fit aujourd'hui
Le sacrifice entier de toute sa fortune ;
Que, ne soupçonnant pas combien inopportune
Était à mon égard toute offre de paîment,
Il est venu m'offrir...

ARMANTINE

Trop généreux Armand !
Que sert de peindre ici son âme bienfaisante?
Je ne vois que la vôtre ! oh ! vertu qui m'enchante !
Ami, dans ces yeux-là ne lirez-vous donc rien.

ERNEST, *mouvement de joie, puis de consternation.*

Ah ! j'ai lu cet écrit *où seul mon œil lit bien....*
Et je crois, d'après eux, qu'il me sera facile,
Pour peu qu'à m'écouter le jury soit docile,
De lui bien démontrer que, par pur accident,
Et non pas par le meurtre a péri.... votre enfant.

ARMANTINE, *jetant un cri de désespoir.*

Mon enfant !!!

ERNEST.

Ah ! pardon, par ce mot téméraire
J'éveille, je le vois, la douleur d'une mère

ARMANTINE, *à part.*

D'une mère ! et ce mot il me faut l'écouter !

ERNEST.

Calmez, calmez ce cœur trop prompt à s'agiter.
Plus je combine entre eux vos moyens de défense,
Et plus je crois pouvoir confirmer l'espérance
Que tantôt j'ai donnée à votre jeune ami.

ARMANTINE.

Mon ami !

ERNEST.

J'en conviens, il ne peint qu'à demi,
Ce doux nom, tous les droits que l'amour lui confère.

ARMANTINE.

L'amour !

ERNEST.

Et, s'il me faut vous parler sans mystère,
Il est, je dois le dire, un titre plus sacré
Dont j'eusse aimé le voir près de vous décoré :
Ce titre il ne tient plus qu'à vous qu'il le possède ;
Il est de vos malheurs le plus noble remède,
Remède indispensable.

ARMANTINE, *le regardant avec tendresse et inquiétude.*

Armand, que dites-vous ?

ERNEST.

Qu'à Valsain votre honneur doit le titre d'époux.

ARMANTINE.

Lui mon époux, grand Dieu !

ERNEST.

Qu'a donc qui vous étonne
Ce projet d'union que votre honneur ordonne ?

ARMANTINE.

L'honneur !

ERNEST.

Oui, cette fois d'accord avec l'amour...

ARMANTINE.

Quelle erreur !

ERNEST.

Une erreur ! quand payé de retour !
Quel prix attachez-vous à paraître insensible,
Quand enfin de l'amour le pouvoir invincible
Seul peut justifier votre position ?
Faudra-t-il donc aussi nommer présomption
Cet espoir chez Valsain d'avoir eu l'art de plaire
A la mère d'un fils dont il se dit le père ?

ARMANTINE.

Le père ! il a dit vrai.

ERNEST.

Dès-lors que tardiez-vous
A faire d'un amant un légitime époux ?

ARMANTINE.

D'un amant !

ERNEST, *avec bonté.*

Eh bien ! oui, d'un amant, Armantine !
Est-ce que par hasard votre esprit s'imagine
Devoir auprès de moi craindre ainsi de nommer
L'être qui sut le mieux de vous se faire aimer ?
Sachez qu'entre rivaux, s'il reste quelque gloire
A celui qui n'a su remporter la victoire,
C'est au moins d'honorer chez son rival heureux,
Ses propres sentiments, l'identité de feux
Qui les fit tous les deux chérir la même femme ;
Que s'il est un moyen de prouver que la flamme
Dont on brûla pour elle eut pour but son bonheur,
C'est, loin de la punir du choix qu'a fait son cœur,
De devenir l'ami de celui-là qu'elle aime ;
De l'aider, le servir comme une autre elle-même...

ARMANTINE, *à part.*

Ah ! quel cœur !

ERNEST.

Ai-je droit d'ailleurs de m'irriter
D'un succès que Valsain avait su remporter

Bien avant que mon cœur vous offrît son hommage ?
Vous tressaillez ! Pourquoi frémir à ce langage ?
Lui croiriez-vous pour but de vous humilier ?
Ah ! sachez que mon cœur sait vous justifier....
Ce cœur, vous redoutez de l'affliger sans doute,
Vous voulez sur vos feux lui laisser quelque doute ;
Mais il est raisonnable ; et je vois maintenant,
Par l'époque où survint l'horrible événement
Qui d'un crime en ces lieux vous retient soupçonnée,
Qu'à Valsain par l'amour vous étiez enchaînée
Bien avant que moi-même imaginai pouvoir
D'obtenir votre cœur nourrir le fol espoir.
Eh bien ! vous avez fait ce qu'en honnête femme,
Vous deviez faire alors, en repoussant ma flamme
Je ne vous en veux point ; je viens pour vous servir ;
Moi-même à votre amant je prétends vous unir.
Pourquoi donc à mes yeux cacher votre tendresse
Qui seule en sa faveur excuse une faiblesse ?
Vous aimez....

ARMANTINE, *avec explosion et faisant des yeux et du geste, application à Ernest de tout ce qui lui échappe de tendre dans cette scène.*

Eh bien ! oui, je ne m'en défends pas,
Oui, oui, j'aime ! et jamais l'amour de plus d'appas
N'environna l'objet dont mon âme est éprise.

ERNEST, *la regardant avec surprise, enivrement, puis tristement.*

Eh ! s'il en est ainsi ! pardonnez ma surprise.
Pourquoi donc repousser un si tendre lien ?
Mais je l'ai deviné : sans appui, sans soutien,
Pour marcher à l'autel il vous manque d'un père
Et le tribut dotal et le bras tutélaire....
Eh bien ! croyez-vous donc que je sache à moitié
Remplir tous les devoirs d'une sainte amitié ?
Non, non, avec ce bras qui saura vous conduire
Ma fortune est à vous : achevez de m'instruire
De ce qui dans l'instant manque à votre bonheur.

ARMANTINE, *se rapprochant de lui.*

Près de cet ami rien, rien, si ce n'est son cœur.

ERNEST.

Son cœur! mais vous savez ce qu'il est prêt à faire.

ARMANTINE, *le couvant des yeux.*

Ah! vous avez raison; combien elle m'est chère
Cette offre dont il vient de combler ses bienfaits!

ERNEST, *au comble de l'étonnement, puis paraissant comprendre qu'elle parle de Valsain.*

Cette offre? Il vous a dit quels étaient ses projets?
Oui, que de son côté votre cœur y consente,
Demain du tribunal il conduit son amante
Aux pieds de l'éternel, où fidèle à son choix,
Il jure de brûler constamment sous vos lois.

ARMANTINE.

Si j'y consens! ô Dieu; l'objet de ma tendresse!
Vous ne m'abusez pas? son heureuse maîtresse
Demain lui donnerait le nom de son époux.

ERNEST.

L'honneur à ce lien l'engage autant que vous....
Père de votre enfant....

ARMANTINE, *jetant un cri terrible.*

De mon enfant!!!

ERNEST.

Quel trouble
Dans son cœur à ce mot incessamment redouble!
Serait-il dans ce cœur quelques secrets remords?

ARMANTINE, *comme sortant d'un songe.*

Pardon, préoccupé d'un songe d'où je sors
Mon esprit un instant poursuivait une idée.

ERNEST, *paraissant compatir à ce qu'il croit un remords chez Armantine.*

Cruelle?

ARMANTINE.

Oh! non, trop douce! et qui s'est dissipée....
Vous disiez donc?

ERNEST.

Qu'à vous Valsain prétend s'unir;

ARMANTINE, *semblant ne pouvoir revenir de la plus extrême surprise.*

A moi?

ERNEST.

Mais ce projet a paru vous ravir!...

ARMANTINE, *à part.*

Que dit-il? oh! tant mieux qu'il ne m'ait pas comprise!

ERNEST, *à part.*

Mais de qui donc alors si fortement éprise
A l'instant parlait-elle? ô dieux! ses yeux sur moi
Si tendrement fixés! oublîrait-elle? Eh quoi!
Que l'amour d'un Valsain d'elle à jamais m'isole!
S'il m'était donc permis de douter! chère idole!
Mais, non, ce nœud fatal, dont je voudrais douter,
Entre elle et ce Valsain n'est plus à contracter:
Il existe, il a mis entre nous un abîme,
Moi-même ai commandé qu'il devînt légitime.
(A Armantine.)
A demain, n'est-ce pas, cette sainte union?

ARMANTINE, *triste et comme résignée.*

Puisque de votre appui c'est la condition
Que ce nœud dès demain, s'il se peut, s'accomplisse.

ERNEST.

(A part.) (Haut.)
Oh! oui, je me trompais! M'avoir fait l'injustice
De craindre si longtemps de m'ouvrir votre cœur!
Que ne me tiriez-vous plus tôt de mon erreur?
Loin de vous fatiguer d'une flamme importune,
D'ajouter aux rigueurs d'une ingrate fortune
Ces adieux si cruels et dont j'ai tant gémi,
Ne pouvant être amant j'eusse été votre ami.

Ami qu'eussé-je fait si j'eusse peu connaître
Que déjà de ce cœur Valsain devenu maître
Négligeait cependant de consacrer des nœuds
Qui seuls pouvaient l'absoudre à ce point d'être heureux?
Ce qui se réalise ; un instinct de justice
Qui m'eût fait de vous perdre affronter le supplice
Et loin d'en murmurer, trouver quelque douceur
A vous faire un époux de votre séducteur ?
Aujourd'hui que du moins ce soin vous dédommage.
Armantine, du jour où j'osai d'un langage
Trop sévère payer votre dernier accueil !
Qu'était-ce laisser voir ? que j'avais eu l'orgueil
De croire à votre amour.... Ah ! si j'eus ce vertige
Ce ne fut, croyez bien, qu'en songeant au prodige
Qu'exerce quelquefois l'amour de nous charmer
Pour l'être qui souvent ne sait que nous aimer,
Sans nous plaire, en effet, combien nous intéresse
L'être en qui nous lisons pour nous quelque tendresse !
Or vous en aviez pu tant lire dans mes yeux !

ARMANTINE (1).

Tendre ami !

ERNEST (2).

Quoi ! cher ange !

ARMANTINE (3).

Ah ! soyez généreux
Jusqu'au bout, mon Armand (4) !

(1) Dominée par l'excès de l'émotion qu'elle veut réprimer, mais que lui arrache ce dernier langage si tendre d'Ernest, Armantine tend avec attendrissement sa main à celui-ci, qui la prend et la couvre de ses baisers.

(2) Ernest malgré lui attirant Armantine dans ses bras, la presse sur son cœur avec ivresse.

(3) D'abord condescendante à ces caresses, puis fortement effrayée de leur issue possible, Armantine lève ses mains suppliantes vers Armand et fait appel à sa générosité.

(4) C'est à la délicatesse la plus exquise des acteurs en scène qu'est confiée cette partie si scabreuse du poème.

ERNEST, *désenchanté, mais simplement triste.*

Pour Valsain.

ARMANTINE, *à part.*

O supplice!

ERNEST.

Je ne présume pas, qu'acceptant un service
A des conditions que je dus imposer,
Valsain à les remplir puisse se refuser.
A demain donc à moi de sauver cette tête;

Sans doute qu'il y a de part et d'autre caresses échangées, mais arrachées par les) entraînements les plus honorables.

Ne parlons pas de celui d'Ernest, commandé par celui d'Armantine : mais celui-ci d'où naît-il? C'est toujours là qu'il faut en venir pour savoir si en y cédant, une femme, loin d'en être abaissée, s'est élevée plus ou moins dans notre estime. Comment ne la pas estimer plus que jamais, si chez elle l'entraînement qui la domine se rattache à ce qu'il y a de plus louable, de plus admirable dans la conduite de son amant?

Trop justement enivrée du talent immense de cet Ernest qu'elle adorait déjà avant de le lui connaître, qu'arrive-t-il dans le cours de cet entretien où se développent son indulgence, sa générosité, son amour purement protecteur pour cette femme qui semble avoir perdu tous droits à des sentiments si tendres? que chez celle-ci l'amour arrive au dernier degré d'exaltation. Sans doute qu'elle tombe dans une illusion qui tient du délire. Cependant rien qui la livre à la discrétion de son amant; que faut-il donc pour que cet excès d'égarement se produise? qu'à tous ses mérites, celui-ci joigne celui qui les relève tous : cette admirable modestie qui le porte à s'excuser de s'être cru aimé, et à tirer son excuse de l'excès de son amour qu'elle a pu lire dans ses yeux et auquel il a pu croire qu'elle serait sensible. Ainsi donc, par quel charme s'est-elle laissée subjuguer? par le plus honorable : honneur donc à elle-même.

Il est bien entendu qu'en demandant grâce à Ernest, Armantine ne la lui a demandée que pour elle-même et pour l'amie qu'elle veut sauver; car en effet, Armand heureux arriverait à tout connaître, à pouvoir tout divulguer, à renverser le plan de conduite d'Armantine. Pourtant Ernest arrive à penser qu'on le prie d'être généreux pour Valsain. Cette idée qu'elle ne peut détruire est pour elle un supplice. Quant à Ernest, en fait-il le principe d'une basse jalousie? non, il est trop au-dessus de cela, seulement pour fuir le ridicule d'un amant qui cède sa place à un rival, il fait sentir que dans ce rival il ne voit que l'homme à la veille de devenir l'époux légitime d'Armantine.

A lui qui ne peut trop honorer sa conquête
Le devoir d'épurer aux flambeaux de l'hymen
Le bonheur de presser une si belle main.

(Arrivé au fond du théâtre il s'arrête et semble réfléchir.)

ARMANTINE, *se croyant seule.*

Aux flambeaux de l'hymen, dis plutôt de ma tombe,
O toi qui ne sens pas qu'un pauvre cœur succombe
Aux terribles assauts que sans le pressentir,
Etre adoré, tu viens de lui faire subir.
Il revient : ô mon Dieu, dont la voix le rappelle,
Que peux-tu donc vouloir d'une simple mortelle ?
Que toujours je l'abuse et refoule en ce cœur
Ce mot d'où jaillirait sur lui tant de bonheur ! ! !

ERNEST, *revenant vers Armantine.*

Pardon, mais j'oubliais d'éclaircir un nuage
Que jette dans la cause un dernier témoignage ;
Oui, sur treize témoins, douze sont bien d'accord
Que, lorsque dans vos bras fut pris cet enfant mort,
Votre propre pâleur, votre faiblesse extrême,
Firent croire à chacun que l'accouchement même,
Venant de s'accomplir, avait pu chez l'enfant
Provoquer un trépas lui-même tout récent ;
Mais de ce pronostic que devient l'avantage
Si du dernier témoin nous suivons le langage ?
Il soutient qu'à l'instant où vous cherchiez des lieux
Propres à recueillir ces restes malheureux,
Il a suivi vos pas, et qu'alerte, légère,
Franchissant au besoin et ravins et barrière,
A travers les guérets, vous paraissiez courir,
Sans qu'aucune douleur parût vous ralentir.

ARMANTINE, *comme glorieuse de l'observation.*

Il a dit vrai.

ERNEST.

Comment !

ARMANTINE, *d'un air de triomphe.*

Il a dit vrai, vous dis-je !

ERNEST.

Y songez-vous? comment admettre ce prodige?
N'apercevez-vous pas que tout devient perdu,
Si par vous aux débats ce fait est reconnu?
Qu'il devient démontré, que d'une affreuse crise
Qui menaça vos jours, depuis longtemps remise,
Vous ne la pouvez plus faire coïncider
Avec l'heure où l'enfant a cessé d'exister;
Qu'ainsi donc son trépas aurait toute autre cause?

ARMANTINE.

Quel que soit le péril où son récit m'expose,
Puis-je donc d'imposture accuser ce témoin?

ERNEST.

Comment concilier?...

ARMANTINE.

Un Dieu prendra ce soin!...

ERNEST.

Oui, mais en attendant, cette justice humaine,
Qui de vos tristes jours s'établit souveraine,
Irrévocablement aura marqué leur fin....
(A part.)
Une peine de mort (fragile esprit humain
Une peine de mort, quand demain l'innocence
De cet être détruit peut briller d'évidence);
(Haut.)
Disons que du témoin le regard s'est troublé;
Que devant lui vos pas sans doute ont chancelé,
Que vous ne pouviez plus vous traîner qu'avec peine.
Vous-même du contraire êtes-vous donc certaine?
Vous faible, de courir conserver les moyens!
Quant à peine sortant de briser ses liens,
De vous associer à son cruel supplice!
Votre enfant....

ARMANTINE, *d'un cri accompagné d'un mouvement répulsif.*

Mon enfant!

ERNEST, *à part.*

O céleste justice !
De ce cœur agité pour accomplir tes vœux,
Voudrais-tu provoquer de terribles aveux ?
D'où vient donc qu'à ce mot, qui nomme la victime,
Sur ce front tout-à-coup se peint l'effroi du crime ?
Malheureux ! c'est en vain que tu doutes encor ;
Ce cri mal étouffé, c'est le cri du remord.
De ce dernier témoin le récit qu'elle approuve,
Son trouble, sa pâleur, ses cris, tout te le prouve !
Eh bien ! donc qu'entreprendre en cette extrémité ?
Consacrer tes efforts à son impunité ?
Ou bien laisser périr, et périr sans défense,
Cet être qui de Dieu peut fléchir la clémence ?
Sans ce Dieu pourquoi donc presser l'instant fatal
Pour elle de paraître au sacré tribunal ?
Si tu vois que ta sœur, coupable envers un père,
Peut, par de longues pleurs, apaiser sa colère,
Chrétien, à ce courroux pourquoi donc la livrer
Avant que sa douleur ait pris temps de pleurer ?
Ah ! ce Dieu, s'il la veut, que lui-même l'appelle !
(Haut.)
Ecoutez : vous savez que, mère criminelle,
Vous auriez à la vie aliéné vos droits ;
Mais vous savez aussi, qu'innocente, une voix
Vous défend d'attenter vous-même à votre vie.
Vous savez de quel sort pour vous serait suivie,
La confirmation de ce fatal récit
Qui né d'un seul témoin peut rester sans crédit ;
L'admettre pour constant, lorsqu'il peut vous détruire,
Serait, songez-y bien, me forcer d'en induire
Que coupable, vous-même, à la main du bourreau
Sur vous auriez voulu suspendre le couteau.
Dieu veut la vérité, mais surtout Dieu commande
Qu'accusé faussement l'innocent se défende.
Et comme un suicide, à ses yeux en horreur,
Il le verrait du juge accréditant l'erreur,
Lui livrer un fait vrai, mais dont la conséquence

Equivoque pourrait, égarant sa prudence,
Surprendre à ce crédule ou faible magistrat
Non pas un jugement, mais un assassinat.
Je ne dis plus qu'un mot : c'est à vous de m'apprendre
Demain par vos efforts vous même à vous défendre,
Contre ce seul témoin qui vous traîne à la mort,
Que vous vous estimez digne d'un meilleur sort.
Adieu....

SCÈNE VIII.

ARMANTINE, *après l'avoir suivi des yeux jusqu'à sa sortie.*

Sans doute, adieu !... c'est-à-dire à ce juge
Que, me croyant coupable il croit mon seul refuge,
Refuge, auprès duquel il ne me croit encor
D'accès, qu'en me prêtant ce qu'il nomme un remord ?
O mon Dieu ! pour sauver cette humaine justice
D'une erreur dont, hélas ! je le vois le complice
Lui, cet Armand si bon ! ce cœur si bien à moi....
Frappe-moi donc alors et vîte empare-toi
De ce corps, qui brisé, privé d'honneurs funèbres,
Pourrait, que sais-je, hélas ! arrachant aux ténèbres
Un secret qui n'y peut trop être enseveli,
A mes juges venir donner un démenti,
Qui provoquant chez eux l'instinct de découverte
Pourrait leur commander, moi morte, une autre perte!
Oh ! ce serait affreux !...

(Elle se retire lentement en disant ces derniers mots tandis que la toile tombe.)

ACTE TROISIÈME.

SCÈNE Ire.

FURGOLE, ERNEST.

Furgole portant plusieurs livres qu'il dépose en entrant sur la table à gauche.

ERNEST, *après avoir fait à Furgole signe de poser sur la table les livres dont il est chargé.*

Retourne au tribunal;
Cours, et surtout reviens, sitôt l'arrêt fatal,
M'apprendre quel sera le sort de l'accusée....

FURGOLE.

Vous n'y reviendrez pas?

ERNEST.

Qui? moi, l'âme brisée,
Assister à ce coup!...

FURGOLE.

Pourquoi désespérer?

ERNEST.

Insensé, quel espoir te pourrait égarer?
A l'aspect du Jury n'as-tu pas dû d'avance
De ces têtes de fer présager la sentence?

FURGOLE.

Vous-même aussi pourquoi n'avoir pas récusé,
Par exemple, un Dorlis par la débauche usé,
Qui pense, qu'affectant le plus dur rigorisme,
Il peut faire oublier son antique cynisme?
Au sein de ce jury pourquoi laisser asseoir
Ce Blainval entêté, qui croit de son devoir,

Eût-il d'un sot avis choisi la fausse route,
De ne jamais permettre à son esprit un doute?
Ou je m'abuse encor, ou j'aurais écarté
Ce pieux Valentin qui, bien que respecté,
Qui, bien que méritant peut-être quelque estime,
S'échauffe tellement à l'exposé d'un crime,
Que souvent on l'a vu, plein d'une sainte horreur,
Perdre l'heureux sang-froid qui seul prévient l'erreur?

ERNEST.

Les récuser : ce droit restait à l'accusée,
Je voulus d'en user lui donner la pensée;
Mais loin d'un défenseur, en face d'un jury,
Quel accusé ne perd sa présence d'esprit?

FURGOLE.

Oui, quand l'accusateur, en homme fin, habile,
N'omet pas d'écarter, par exemple, un Bervile
Qui, jadis avocat, ne vit que trop souvent
L'apparence du crime entourer l'innocent!

ERNEST.

Encor si cet abus qui trahit la défense
A l'esprit de nos lois était la seule offense!
Mais que sert, entre nous, ce droit d'un défenseur,
D'obtenir la parole après l'accusateur.
Si les débats fermés, reprenant l'avantage
L'accusation vient, empruntant un langage,
Qui sage, impartial, est toujours présumé
Combattre sous le nom de simple résumé;
Si, jaloux de fournir ses preuves d'éloquence,
Un président, bien loin d'appuyer la défense,
(Rôle ingrat d'où n'advient que le doute pour fruit)
De notre accusateur se déclare l'appui,
Si, pour nous accabler et croyant nous confondre,
Nous qu'il sait trop n'avoir nul droit de lui répondre,
Il invoque pour faits ses propres visions,
Que n'auront pu prévoir nos réfutations,
Et s'il tient d'autant plus à ces visions folles,
Qu'enfants de son génie, elles sont ses idoles?

FURGOLE.

Vive ce magistrat, qui présidant la Cour,
Hier, est accouché d'un résumé si court !

ERNEST.

Oui, certe, et qui voulant résumer ma défense,
Etrangla mes moyens, étouffa leur puissance !

FURGOLE.

Ou mieux n'en parla pas ; vu que son résumé
Par lui tracé longtemps avant qu'il fût armé
De ces moyens par vous produits à l'audience
N'eût pu les retracer sans mettre en évidence
Ce que ne saurait pas un grave magistrat,
Confesser un langage obscur ou sans éclat.
N'improvise qui veut une phrase élégante ;
Donc il valait bien mieux qu'une tête innocente
Tombât que de laisser de mons le Président
S'échapper un seul mot faible ou peu convenant.

ERNEST.

Le fort peu convenant, c'est ta plaisanterie.
Mais disons ce qu'à tous ici le bon sens crie
Si l'auteur de nos lois, humain, compatissant,
Préfère, au risque affreux de perdre l'innocent,
Le risque moins cruel de sauver un coupable,
Que n'accorde-t-il donc au zèle charitable
Du magistrat, chargé de ce poste d'honneur,
Non le droit d'enchérir sur un accusateur,
Non celui d'affaiblir une heureuse défense,
En la reproduisant avec moins d'évidence ;
Mais bien uniquement le droit de réparer
L'oubli d'un défenseur, s'il le voit s'égarer,
D'ajouter, s'il se peut, au moyen de sa cause ?
Voilà ce qu'à nos cœurs l'humanité propose.
Aujourd'hui qu'as-tu vu ?

FURGOLE.

Le contraire, et pourtant
Le jury vous a vu tellement éloquent,

Qu'il ne saurait douter que la seule innocence
D'Armantine excita chez vous tant d'éloquence ;
Aussi pardonnez-moi si j'espère toujours.

ERNEST.

Oh ! tant que tu voudras, mais on juge, va, cours.

(Furgole sort.)

SCÈNE II.

ERNEST, *seul.*

Eloquent ! éloquent ! ! ! oh oui, mais de colère.
D'un côté voyez donc ce jeune téméraire,
Qui du haut d'un parquet s'imagine pouvoir,
Quand il en est encor comme tous à savoir
S'il tient un cœur coupable aux pieds de la justice,
D'avance préluder de lui-même au supplice,
A force de sarcasme et d'insolents discours.
De l'autre un président, qui bien loin du secours
Qu'il devrait accorder à l'être qu'on opprime
Tant que par un jury n'est affirmé son crime,
Applaudit aux écarts de l'accusation !...
S'ils avaient eu du moins cette conviction
Qui venait en plaidant m'enlever tout courage ;
Mais non, ce sentiment qui froidit mon langage
D'où venait-il en moi ? de faits que les débats
N'ayant pu révéler, ils ne connaissaient pas.
Rien donc ne les forçait de déclarer coupable
Cette femme, et voici que chacun d'eux l'accable !
Ah ! ce vice à la fois de logique et de cœur,
Si pour le châtier Dieu me fit orateur,
Qu'ils n'en accusent qu'eux ; sans leur ton d'arrogance,
Peut-être abandonnai-je une injuste défense :
Car osons l'avouer : si ce dernier témoin
N'a pu se présenter, si l'on n'a pris le soin
De lire ses récits, en est-il moins palpable,
Pour moi qui les ai lus, qu'Armantine est coupable ?

Puis-je oublier d'ailleurs et ce trouble et ces cris,
Et ces traits altérés qu'en elle j'ai surpris
Chaque fois que le mot d'enfant se fit entendre ?
Si cruelle, et pourtant l'air si doux, l'œil si tendre !...
Mais ce regard sur moi si tendrement jeté :
Qu'était-ce ? un autre genre encore de cruauté.
Car enfin pourquoi donc rallumer dans mon âme
Un feu que ne pouvait favoriser sa flamme ?
Cette flamme qui fit de Valsain son amant,
Que serait-elle aussi pour lui-même ? un tourment.
Le moyen d'en douter quand j'ai vu l'espérance
D'être à lui n'obtenir d'elle qu'indifférence.
Eh ! pourquoi dédaigner cet amant pour époux ?
Redoutait-elle en moi d'irriter un jaloux ?
En avais-je les yeux, le ton et le langage ?
Quand, hostile à moi seul, j'osai d'un mariage
Qui me brisait le cœur, lui prescrire la loi ?
Non, disons que cet être orgueilleux, vain et froid,
Jamais d'un pur amour n'a ressenti les charmes ;
Mais qui vient ? chaque bruit redouble mes alarmes.

SCÈNE III.

ERNEST, Mme LEGRAS.

Mme LEGRAS.

Pour ce Monsieur Valsain qu'avec vous on a vu
Et qu'on ne peut trouver, ce message est venu ;
Il est de son épouse, et...

ERNEST.

Que viens-je d'entendre ?
Lui mari ! grands Dieux !

Mme LEGRAS.

On vient de me l'apprendre,
Car j'avais supposé, fille jusqu'à ce jour
Sa femme...

ERNEST.

Qui serait ?

Mme LEGRAS.

La baronne d'Harcourt.

ERNEST.

Cette jeune baronne est, dites-vous, sa femme !
Ah ! donnez cet écrit, je m'en charge, Madame.

Mme LEGRAS.

Soit, mais il faut surtout inviter ce Valsain
Auprès de cette épouse à se rendre soudain.
Elle est, a dit l'exprès, porteur de cette lettre,
Dans un état affreux où viennent de la mettre,
On ne sait quels propos échappés par hasard
A l'indiscrétion d'un concierge bavard ;
Puis, pour second assaut, le retour auprès d'elle
D'un père... Le surplus, cet écrit le révèle.

ERNEST.

Allez, j'accomplirai votre commission.

SCÈNE IV.

ERNEST *seul.*

La voici donc enfin cette explication
D'un fait qui me semblait si peu compréhensible.
On ne me disait pas qu'il était impossible
D'accomplir cet hymen, commandé par l'honneur :
Non, il valait bien mieux feindre de la froideur
Pour ce premier amant et me donner à croire,
Qu'aisément j'obtiendrais sur lui pleine victoire.
Il est fâcheux vraiment qu'on n'ait pas profité
De l'amour qu'en mes sens on avait excité,
Bien avant d'arriver à l'instant d'être mère,
Pour me gratifier du doux titre de père.

Oh! mais c'était qu'alors n'existait pas l'hymen,
Qui maintenant ailleurs enchaîne son Valsain.
D'autres temps, d'autres mœurs! on a changé de rôle.
O toi, qu'hier encore j'appelai mon idole,
Pour qui j'osai former des vœux dont je rougis,
De ton cœur voilà donc les infâmes replis!
Parcourant sans frémir tous les degrés du crime,
Il te faut pour rivale, il te faut pour victime
Celle qui de son père imitant le grand cœur,
Dix-sept ans t'adopta pour compagne, pour sœur!
Dis-moi donc quel forfait à commettre te reste,
Monstre, à la fois couvert d'adultère et d'inceste!
Ah! quel que soit ton sort, va, je n'en frémis plus;
Non, jurés, ce tableau de candeur, de vertus
Dont j'osai devant vous présenter l'étalage,
D'attributs imposteurs n'était qu'un assemblage.
Et je le désavoue, et je... mais cette fois...
Je ne mabuse point... Quels accents?... une voix
A prononcé son nom; parlé d'arrêt sévère!
C'en est donc fait, grand Dieu!...

SCÈNE V.

ERNEST, LUCILE, MONDOR.

LUCILE, *à Mondor qui la précède, et d'abord sans voir Ernest.*

N'en doutez pas, mon père;
Quel que soit du jury contre elle la rigueur,
Je n'en saurais douter, c'est elle, c'est ma sœur,
Celle dont tant de fois une mère éplorée,
Se flattant de l'espoir que dans quelque contrée
Je la pourrais trouver, me dépeignit ses traits,
Me décrivit surtout certains signes secrets
Auxquels je la pourrais sûrement reconnaître:
Je ne m'étonne plus si, la voyant paraître

Pour la première fois, soudain en sa faveur
Un si vif intérêt s'empara de mon cœur !
Si, tout en contemplant son céleste visage,
De ma mère souvent je crus saisir l'image !

MONDOR.

Pures préventions, je te l'ai dit toujours.

LUCILE, *à Ernest qu'elle aperçoit pour la première fois.*

Ah ! Monsieur, à ma voix prêtez votre secours.
Parlez, car il s'agit de votre protégée,
De celle qu'en ce jour vos discours ont vengée
Par le noble récit de ses hautes vertus,
D'une accusation qui ne se soutient plus.
C'est à vous que je dois l'heureuse découverte
D'une sœur dont longtemps j'ai déploré la perte.
Oui, oui, j'étais présente au récit qu'à nos pleurs
Vous venez d'exposer de ses premiers malheurs.
Du fer des assassins qui jadis l'a sauvée ?
Un soldat, disiez-vous, qui l'avait enlevée
Des bras d'une nourrice expirante à ses yeux.
A quelle heure du jour ? en quel temps, en quels lieux?
Précisément à l'heure, à l'époque, au lieu même
Où, contrainte de fuir dans un désordre extrême,
Celle qui nourrissait votre enfant succomba,
Non loin de votre parc, théâtre du combat.
N'est-ce donc rien pour vous que cette circonstance ?
En voulez-vous qui parle avec plus d'éloquence ?
Ces signes que portait votre enfant, voulez-vous
Qu'Armantine les offre? Elle les porte tous :
Oui, les débats fermés, tandis qu'on délibère,
Introduite près d'elle et rompant tout mystère,
Que vois-je, qui soudain confirme mon espoir ?
Tout ce que sur ma sœur mes regards devaient voir.
Et je pourrais encor repousser l'évidence !...
Et vous-même pourriez !...

MONDOR.

De la jeune imprudence

Te sauver malgré toi, t'empêcher de flétrir
Un nom qu'à lui donner il faudrait consentir.
Y songes-tu, grands dieux ! dis-moi, quand la justice
La mettrait dans ce jour à l'abri du supplice,
De quel prix pour nous deux serait le triste honneur,
Moi d'appeler mon sang, toi de nommer ta sœur
Un être dont le front couvert d'ignominie
Ne pourrait refléter sur nous que l'infamie ?
Ah ! quelle soit ta sœur, tu le veux, je le croi,
Je fais plus, je consens qu'elle obtienne de moi
Dès ce jour en secret sa double légitime,
Mais faut-il, quand elle est sous le manteau du crime
Nous y placer tous deux, toi surtout, pauvre enfant,
Qui malgré la candeur d'un cœur pur, innocent
A l'estime perdrais, non tes droits mais ton titre (1) ?
J'en appelle à Monsieur... oui, qu'il soit notre arbitre.

LUCILE, *d'un air de triomphe.*

Oh ! je ne doute pas....

ERNEST, *avec gravité.*

Je le dis à regret,
Mais gardez, s'il se peut, ce funeste secret.

LUCILE, *au comble de la surprise.*

Vous, son meilleur ami, vous, tenir ce langage...
Quand vous venez de peindre avec tant d'avantage
De cette infortunée aux juges attendris
Les vertus, selon vous, dignes du plus haut prix.

(1) Singulière expression qui prouverait que dans l'esprit de Mondor l'estime présumée due à quiconque apparaît dans le monde, cesserait d'être accompagnée de cette présomption sitôt que, dans la famille où cet être est censé avoir puisé avec la vie ses inclinations natives, un crime a été commis; dans ce cas encore, droit sans doute à l'estime, pour qui se conduit bien : mais la nécessité pour lui de cette bonne conduite préalable, prouve que par l'effet de ce crime de famille, ce droit de présumable qu'il eût été, c'est-à-dire de *jus in jure*, droit reconnu, ou *titre*, serait devenu une simple aptitude à ce droit, c'est-à-dire un *jus ad rem*, un droit à faire reconnaître avant de l'exercer.

Ah ! pardon, j'ai besoin, quand je vous dois la vie,
Qu'à ma tendre amitié l'estime soit unie ;
Mais comment l'accorder à qui peut démentir,
Ce qu'avec tant d'ardeur il vient de soutenir.

ERNEST.

Il s'agissait alors d'écarter d'une tête
Le tranchant de ce fer que la justice apprête ;
Il s'agit maintenant d'empêcher qu'en ce jour
(Il désigne la tête de Mondor.)
Ne soit souillé ce chef objet de votre amour.

LUCILE.

Souillé ! mais qui vous dit qu'elle soit condamnée,
Quand ses juges encor pèsent sa destinée ?
Qui vous dit qu'à la Cour une seconde fois
N'aura pas triomphé votre éloquente voix ?

ERNEST.

Que l'on sauve ses jours fera-t-on disparaître
La tache du forfait qu'elle ose reconnaître :
Cette maternité !

LUCILE, *regardant Ernest avec indignation entre les deux yeux.*

Son forfait dites-vous !
Mais celui que ce crime a rendu son époux,
Oui, son époux, qui l'est aux yeux de la nature,
N'en prétend-il donc pas effacer la souillure ?
Le verrons-nous paisible, honoré, triomphant,
Au sort de son amie avec calme insultant,
Bien loin de protéger, d'honorer sa victime,
Donner à son malheur l'indigne nom de crime,
De forfait ; et surtout regarder sans rougir
Celle qui d'un coup-d'œil à tout su découvrir ?

ERNEST.

Que peut signifier cette étrange sortie ?

LUCILE, *avec force.*

Qu'instruite des secrets de cette intime amie

Je sais que de ses jours elle n'eut d'autre amant,
D'autre complice alors que son injuste Armand.
Armand! vous entendez ce nom que fit entendre
Sa bouche en vous parlant?

ERNEST.

Ah! loin de m'en défendre,
Oui, je suis cet Armand qu'elle ose dénoncer,
Cet Armand qui l'aima, qui crut l'intéresser,
Mais qui de cette erreur a fui le ridicule....
Quoi! sa bouche, abusant de votre âme crédule,
Ose me déclarer de sa honte l'auteur!
Je ne m'attendais pas à ce trait d'impudeur.
Pour elle, par pitié j'aurais voulu vous taire
Des noirceurs qui pour vous sont encore un mystère;
Mais puisque sans aimer, son cœur vil et jaloux,
Pour rompre une amitié qu'elle croit entre nous
Moins pure qu'elle n'est, lance la calomnie;
De toutes ses noirceurs connaissez l'infamie:
Celui qui s'est à moi nommé son séducteur
Quel est-il? Vous savez ce jeune protecteur
Qui vint me supplier de la vouloir défendre?...

MONDOR.

Valsain serait l'amant!

LUCILE.

Et vous de condescendre
A ses vœux!

ERNEST.

Je fis plus; d'en faire deux époux
Je conçus le projet; et ce projet si doux
De réparer l'honneur, par ce nœud légitime,
D'une femme à mes yeux encor digne d'estime,
J'avais pour l'accomplir obtenu leur aveu;
Mais quand de ces amants je crois remplir le vœu,
Qu'apprends-je? que Valsain, époux d'une autre femme,
Ne m'offre à consacrer qu'une adultère flamme!
Mais ce n'est rien encor, pour votre digne sœur,
D'accepter le tribut d'une si noble ardeur!

Désunir deux époux : quelle modeste gloire !
Pour qu'une trahison soit digne de mémoire,
Il faut, pour sa victime, au moins avoir fait choix
D'un être qui sur nous se soit acquis des droits :
Aussi quel est l'objet qu'a trahi votre amie ?
Une simple étrangère, ou mieux une ennemie ?
Non, celle qui daigna lui servir dix-sept ans
De compagne, de sœur, de mère, de parents,
De famille en un mot, puisque cette Armantine
Ne fut jusqu'à ce jour qu'une simple orpheline ;
Celle qui dix-sept ans protégea son destin,
La chauffa de son feu, la nourrit de son pain,
Pour prix de tant de soins qu'obtient-elle en partage ?
De ce cœur dépravé le plus sanglant outrage !
Gorgé de ses bienfaits, il fallait, qu'en retour,
Ce monstre d'un époux lui disputât l'amour,
Déshonorât sa couche, empoisonnât sa vie.
Tant de scélératesse a-t-elle été suivie
D'un crime plus affreux ? Puisse-t-on en douter !
Puisse un discret jury ne pas trop écarter
Le voile officieux que dans mon ignorance
A sur la vérité déployé ma défense !

MONDOR.

Eh quoi ! le plus cruel de tous les attentats !

ERNEST.

S'il vous plaît d'en douter, ne m'interrogez pas.

MONDOR.

Monstre dont, en effet, le nom seul m'épouvante !
(A Lucile.)
Et c'est l'indigne objet que ta bouche imprudente
Voudrait nommer ta sœur !...

LUCILE.

Je ne m'étonne plus
De ce subit effroi, ni de ce prompt refus,
Dont elle repoussa l'offre que j'osai faire
De chercher son Armand et de ne lui rien taire

D'un malheur qui semblait le fruit de votre amour.
Oh! pardonnez, Monsieur: de quel funeste jour
Vous venez d'éclairer ma folle confiance!

MONDOR.

Ici, nouveau motif à ma reconnaissance;
Oui, oui, nouveau bienfait dont mon cœur est jaloux
De pouvoir dignement s'acquitter envers vous.

ERNEST.

Ah! Monsieur!

MONDOR.

Oui, jeune homme, on a dû vous le dire:
Loin d'improuver les nœuds où votre cœur aspire,
Je ne demande au ciel que d'en être témoin.
Je rends à votre ami grâce de l'heureux soin
Qu'il a pris d'indiquer par un aveu sincère
Ce que pour m'acquitter j'avais de mieux à faire.

ERNEST.

(A part.)
L'indiscret!... Ces mots seuls m'expliquent les discours
D'Armantine touchant mes nouvelles amours.
(Haut à Mondor.)
Eh quoi! de cet ami la langue peu discrète!...

MONDOR.

Eh bien! a secondé la vôtre trop muette.

ERNEST.

Ah! croyez que jamais pareille ambition....

MONDOR.

Puisque vous devinez son indiscrétion,
(Signe d'assentiment de la part de Lucile.)
(A part à sa fille.)
Preuve, je te l'ai dit qu'il la dicta lui-même,
(Haut.)
Apprenez que pour moi c'est un bonheur extrême,
Possesseur de ce bien qui vous a captivé,
De vous l'offrir à vous qui me l'avez sauvé.

SCÈNE VI.

Les précédents, FURGOLE, *accourant tout essoufflé.*

FURGOLE.

Victoire enfin ! Monsieur, oui, oui, pleine victoire !
Armantine est sauvée !...

ERNEST.

Et le moyen d'y croire ?

FURGOLE.

Déclarée innocente à l'unanimité,
Et mise sur-le-champ en pleine liberté.

ERNEST.

Juste Dieu ! se peut-il !

FURGOLE.

Quoi ! cela vous étonne ?
Je vous l'avais bien dit ; elle-même en personne
Au surplus vient ici pour vous mieux l'assurer.

MONDOR.

Quel motif en ces lieux la pourrait attirer ?

LUCILE.

De grâce, pardonnez mon père à votre fille ;
C'est moi qui, la croyant déjà de la famille,
Osai lui signaler moi-même ce séjour
Pour l'asile où l'allait attendre notre amour.
Elle y vient dans l'espoir d'y retrouver un père,
D'embrasser une sœur ; ô destin trop sévère !
Tandis que son cœur vole à cet embrassement,
Quel accueil se prépare à son empressement !
Ah ! qu'au moins par pitié vos yeux à son approche
Perdent l'expression d'un trop juste reproche.
Mon père !

FURGOLE, *qui regarde par la fenêtre.*

Je la vois avec Monsieur Valsain...

ERNEST.

Vil séducteur!

LUCILE.

O ciel!

MONDOR.

Et quel est son dessein?
D'en imposer encore à force d'impudence,
D'outrager jusqu'au bout les lois de la décence?
Comment! en plein public avec son suborneur
Se pavaner encore!... Ah! fuyons tant d'horreur...
(A Lucile.)
Viens, rentrons.

SCÈNE VII.

Les précedents, ARMANTINE, suivie de VALSAIN.

ARMANTINE, *en entrant et à Mondor.*

Merci, vous à qui je dois la vie;
(A Ernest.)
Vous, sans qui dans ce jour le fer me l'eût ravie (1)...
Mais de quels fronts glacés, de quels sévères yeux,
De toutes parts me vois-je accueillie en ces lieux?
Et toi, Lucile, aussi tu détournes la vue!...
Etait-ce là, dis-moi, cette heureuse entrevue
Que tu me promettais?

ERNEST, *sèchement à Valsain.*

Monsieur sans doute aussi
Flatté d'un autre espoir se présentait ici;
Vous étiez tous les deux disposés, je le pense,
A faire de vos cœurs consacrer l'alliance,
Mais avant de serrer cette sainte union,
Quelqu'un ailleurs vous doit sa bénédiction;

(1) Il faut qu'en prononçant ce vers, la voix d'Armantine s'affaise, tandis que ses yeux se tournant de tous côtés, remarquent la froideur qui se peint sur tous les visages.

Ce quelqu'un près de lui vous invite à vous rendre.

VALSAIN, *au comble de la surprise.*

Mais je ne comprends pas...

ERNEST, *lui remettant le message que lui a confié Madame Legras.*

Allez, pour mieux comprendre,

(A Armantine, et tandis que Valsain se retire au fond du théâtre en lisant le message.)

Parcourir ces papiers. Pour vous, je sais le prix
Que vous me réserviez pour les soins que j'ai pris.
Mais vous avez pour moi trop de reconnaissance!

(Il désigne Lucile.)

Madame, qui malgré certaine confidence
Qu'elle ne doit qu'à vous, daigne accepter ma main,
Vous dira comme moi qu'il faut rendre à Valsain
L'honneur que cependant vous m'avez voulu faire
D'une paternité qui m'est toute étrangère.

MONDOR, *à Armantine qui hébétée, le regarde stupidement.*

Il est des traits auxquels on a cru d'une sœur
Voir en vous le portrait; mais cette douce erreur
A fui, sitôt qu'en vous on a fait à ma fille
Voir des traits qui sont loin d'être de la famille.
Puissent ces derniers traits s'effacer quelque jour;
Et d'un plus doux accueil permettre le retour.
En attendant, il est quelques pieux asiles
Où l'aspect des vertus nous les rend plus faciles.
De l'un d'eux pour demeure aujourd'hui faites choix;
Du reste comme il est trop juste, selon moi,
Lorsqu'on donne un conseil, de mettre la personne
En état d'accomplir le conseil qu'on lui donne,
Croyez que, dans le lieu que vous aurez choisi,
D'avance par mes soins il vous sera servi
Le tribut annuel à quelque taux qu'il monte.
Adieu, dès ce moment recevez cet à-compte.

(Il lui présente une bourse qu'elle regarde stupidement d'abord.)

Prenez...

ARMANTINE, *comme frappée de la foudre, et après avoir jetté un regard sur Ernest, puis sur Mondor, en exhalant les deux mots ci-après, tombe anéantie.*

La charité !

LUCILE, *courant à elle.*

Que vois-je ? elle se meurt !...

(A Mondor et à Ernest.)

Ah ! vous l'avez tuée ! au secours ! chère sœur,

(A Ernest, en lui arrachant des mains le médaillon qu'elle a fait tomber du corset d'Armantine en la voulant soulager et au moment où Ernest allait l'ouvrir.)

Aidez-moi donc.... ses yeux s'ouvrent, ah ! je respire....

VALSAIN, *revenant du fond du théâtre.*

O jour trois fois heureux !

MONDOR.

Qu'a-t-il ?

ERNEST.

Que veut-il dire ?

VALSAIN, *à Armantine.*

Armantine, embrassez, embrassez cet écrit ;
Et d'une Élise en moi saluez-le mari.

ARMANTINE, *se levant avec impétuosité.*

Qu'osez-vous dire, ô ciel ! eh quoi ! rompre un silence
Qui d'un père outragé seul suspend la vengeance ?

VALSAIN, *avec force.*

A sa fille il pardonne ; il sait tout maintenant ;
Notre lien secret ; l'horrible accouchement,
Qui de ce nœud sacré, mais ignoré d'un père,
Fut contre elle d'un Dieu le châtiment sévère ;
Vos soins d'aller vous-même, après mille secours
Cacher les restes morts du fruit de ses amours ;
Votre arrestation ; ce sublime courage,
Pour écarter encor de sa tête un orage,
Qui l'allait achever sur son lit de tourment,
D'oser vous déclarer mère de son enfant,
Et bravant jusqu'au bout, vierge pure et sans tache,

D'exposer à couler sous l'infamante hache
Un sang....

ARMANTINE, *à Valsain en désignant Mondor.*

Répudié!

ERNEST, *à Armantine.*

D'une fatale erreur
Ah! ne voyez qu'en moi l'impardonnable auteur.
Sur tant de faits obscurs quel jour tout-à-coup brille!
(A Mondor.)
O père glorieux d'une si noble fille,
Cédez, cédez enfin à ses embrassements,
Que chez vous mon erreur comprima trop longtemps.

ARMANTINE, *se jetant dans les bras que lui tend Mondor.*

O mon père!

MONDOR.

O ma fille! ô gloire de ma vie!
Et d'un si dur accueil tant de vertu suivie!

ARMANTINE.

Ah! ne décorez point du titre fastueux
De vertu ce qui n'eut rien de si généreux.
Ne devais-je pas tout, oui, jusqu'à l'existence
A celle qui sauva, qui nourrit mon enfance?

LUCILE, *à Ernest.*

A vous cette réponse....

ERNEST.

Ah! je me fais horreur!

ARMANTINE, *à Ernest, en lui tendant la main.*

De quoi? d'avoir été mon noble défenseur?
Ah! qu'avec leur amour, tout au moins me revienne,
Mon Armand, votre estime....

ERNEST.

Oui, mais moi que j'obtienne
Le pardon généreux que vous daignez m'offrir!
Non, non, de mon erreur puis-je donc moins frémir?

Quand je songe combien là, dans ma conscience,
S'élevaient de témoins contre votre innocence ;
Quand je songe à quel point, moi, votre défenseur,
Me rangeais du parti de votre accusateur !
Et si, dans cet état de certitude intime,
Juré, la loi m'eût dit : prononce sur le crime,
Si, cédant aux lueurs de ma conviction,
J'eusse signé l'arrêt de condamnation,
Quel serait à l'instant l'excès de mon supplice,
De voir que ce qui fut contre vous un indice,
Ce cri mal étouffé, ce geste repoussant
Au seul mot échappé soit de mère ou d'enfant.
Cette santé surtout, cette marche légère,
A l'heure où vous sortiez, selon vous, d'être mère,
Et mille traits enfin invoqués contre vous
De plus près observés, vous justifiaient tous!
Ah ! que me servirait, pour venger votre gloire,
De les rappeler tous, en œuvre expiatoire,
Ces faits qui de la mort vous devaient arracher ?
Irais-je, réparant les ravages du fer,
Sur ce corps mutilé relever triomphante
Cette tête à mes yeux de vertus rayonnante ?
Non, non, sur l'échafaud à jamais séparés,
La nuit, le jour, sans cesse à mes sens égarés,
Apparaîtraient sanglants, objet de vaines larmes
D'inutiles remords, cet ensemble de charmes !

MONDOR.

Ah ! vous vous punirez sans doute, et de quel tort ?
De celui du premier insensé qui de mort
Voulut qu'une sentence humaine fût la source,
Et qu'une erreur possible alors fût sans ressource !
Est-ce là votre crime ? avez-vous jamais dit
Qu'infaillible se crût sottement votre esprit !
Et qu'alors se pouvaient de coups irréparables
Accomplir vos arrêts si souvent révocables ?
Non, non, jeune homme, non ; de grâce calmez-vous ?
Ne vous affligez pas quand vous nous sauvez tous :

Oui, tous, et maintenant ce mot-là me ramène
A certain embarras qui me met fort en peine....

ERNEST, *prenant cette appréhension au grand sérieux.*

Comment! et quel serait ce nouvel embarras?

MONDOR, *d'un sérieux qui laisse apercevoir la joie de son cœur.*

Avec vos beaux discours nous voici sur les bras
Deux filles qui chacune à nous deux appartiennent;
Puisque toutes les deux la vie elles la tiennent
De vous tout aussi bien que de moi : c'est trop clair.
Sur ces biens indivis il faut donc nous régler;
Une indivision fut toujours importune,
(Il désigne Armantine et Lucile.)
Tenez, voici deux lots : un tiers de ma fortune
Sur chacun d'eux; et puis, mon cher co-partageant,
A vous le choix! Eh bien! qu'aurait donc d'affligeant
Ce partage? on dirait vraiment qu'il vous afflige!

LUCILE, *à Ernest.*

Peut-être que Monsieur appréhende un litige
Entre deux sœurs, chacune aspirant à l'honneur,
Pour s'acquitter vers lui, de faire son bonheur?
Mais la loi du destin, que ce bijou renferme,
Peut je crois au débat mettre aisément un terme;
(A Armantine.)
Sans doute que l'objet dont j'ai surpris les traits
Sur ton cœur, à ce cœur doit s'unir pour jamais.
Quel qu'il soit, chère sœur, tu deviens son épouse;
Si ce n'est pas Monsieur, sans te rendre jalouse,
Tu conçois de quel droit sur lui je puis user.

ARMANTINE, *avec embarras.*

Ce bijou m'appartient; j'ai droit de m'opposer....

LUCILE.

A la loi du destin? Non, non!
(Lucile ouvre le médaillon, le referme après y avoir jetté un coup-d'œil furtif.)

MONDOR.

La curieuse!

LUCILE, *après avoir fait donner par Armantine le bras à Ernest du côté gauche, donné au même son bras du côté droit, lui dit malicieusement.*

Cette position, quant à vous, est affreuse !
D'un côté l'amitié, d'autre côté l'amour,
Rivalisant tous deux à qui mieux dans ce jour,
Vous fera de ses dons savourer les délices ;
Fut-il pour un mortel de plus cruels supplices !
Non, sans doute, et c'est l'heure ou jamais d'en frémir ;
Mais contre votre sort sachez vous raffermir,
Vos yeux remplis d'effroi, de sombre inquiétude
Semblent me demander avec incertitude
Quel bras soutient l'amour, quel autre l'amitié ?
Allons, d'un malheureux il faut avoir pitié.

(Elle lui remet le médaillon, et va donner le bras à son père.)

ERNEST, *en ouvrant le médaillon et d'un air inquiet.*

A nul peintre mes traits n'ont servi de modèle :
(Il jette les yeux sur le médaillon.)
Ainsi donc.... qu'ai-je vu ! Mon image fidèle !
(A Armantine.)
Ah ! cher ange, et ces traits que ta main retraça
Pour les peindre si bien où les prit-elle ?

ARMANTINE, *portant la main à son cœur.*

Là.

ERNEST, *aux assistants et tombant aux genoux d'Armantine.*

Vous voyez bien pour moi que c'est le coup de grâce,

VALSAIN.

Sans doute s'il est vrai que de joie on trépasse.

ERNEST, *après avoir regardé encore le médaillon.*

Et là tous ces baisers dont je fus si jaloux !

ARMANTIVE, *malicieusement.*

L'honneur fait-il encor de Valsain mon époux ?
Et faut-il ?...
(Elle fait mine de vouloir s'approcher de Valsain.)

ERNEST.

Que ton cœur, outré de ce langage,
A me le reprocher jour et nuit se soulage.

VALSAIN.

Jour et nuit ! mais avant cette punition
Quelqu'un ailleurs vous doit sa bénédiction...
Vous dirai-je à mon tour...

ERNEST, *d'un air d'intelligence à Valsain.*

Oh ! je sais vous entendre
(A Armantine, Lucile et Mondor, à la fois.)
Oui, tous quatre avec lui c'est à nous de nous rendre
Au près de son Élise et près de ce d'Harcourt
(A Mondor.)
Non moins digne que vous d'un filial amour.

FIN.

www.ingramcontent.com/pod-product-compliance
Ingram Content Group UK Ltd.
Pitfield, Milton Keynes, MK11 3LW, UK
UKHW020355230726
13925UKWH00003B/1131

9 782014 078923